冬螢

日本橋物語10

森 真沙子

時代小説

二見時代小説文庫

目次

冬　螢——日本橋物語10

第一話　夢ぞかし

一

ミィー、ミンミンミン、ミィーン。ミー、ミンミンミン、ミーン……と、一匹の蟬がゆったり鳴いている。

湯熨《ゆのし》に出す反物《たんもの》を整えていたお瑛《えい》は、その鳴き声に、立派な髭を生やしたご大身《たいしん》の顔を連想して、クスリと笑った。

その時、ごめんなさいよと客の声がした。

手を止めて顔を上げると、エビのように腰の曲がった老女が、暖簾《のれん》を割ってつんのめるように入って来る。一斉に鳴きだした蟬しぐれが、どっとその後に続いた。

「まあ、お暑いところ……」

お瑛は老女を上がり框《かまち》に座らせ、団扇《うちわ》でパタパタ煽《あお》いだ。

微風に、壁に垂らした藍《あい》染めの布がフワリと揺れる。

美しい草木染めの反物を揃えて人気がある蜻蛉屋《かげろうや》は、この夏の前半は色とりどりの浴衣《ゆかた》地を、後半は阿波《あわ》の藍染めを特集して客を呼んでいた。

ぐるりの壁に所狭しと下がる涼しげな藍の布は、遠い四国から届いたものだ。吉野川の水で藍の葉は育《はぐく》まれ、その水運ではるばる江戸に運ばれてきたのである。

藍染めの着物は、お稽古帰りの娘たちや前掛け姿の商家のお内儀《かみ》の、ふくよかな身体をシャッキリと引き締めた。年配の女性にもよく似合い、若やいだ活力を引き出してくれる。

「いろいろ揃えてございますから、ゆっくりご覧下さいまし」

お瑛がにこやかに言うと、落ち着かなげにじろじろ店内を見回していた老女は、小刻みに震える手で、懐から布包みを取り出した。

二の腕に、古い火傷《やけど》の痕《あと》が見えた。

「女将《おかみ》さん、ちょっとこれを見ておくれな」

差し出された包みを開いてみると、小さな丸いガラス片である。

「キラキラとよう光るでの」

お瑛は指先でつまんでためつすがめつし、明るい陽にかざしてから、帳場にいる番頭の市兵衛《いちべえ》に手渡した。

「蜻蛉玉《とんぼだま》みたいね」

蜻蛉玉は、昔は貴重なガラスの宝物だった。身につける装飾品や、厨子《ずし》の飾りなどに使われたが、南蛮貿易でガラス技術が伝わった今は、安価なものが盛んに出回っている。

市兵衛は手に取り、一目見て言った。

「あ、こりゃ、びいどろの欠片《かけら》だな。丸くてよく光るのは、蓋《ふた》の取っ手の部分だからでしょう」

「びいどろ……」

お瑛は一瞬、自分の部屋の違い棚に飾られている、紫色のびいどろの水差しを思い浮かべた。それは以前、さる人から贈られた〝形見〟のようなものだった。

「それ、幾らで引き取ってもらえるね」

老女の言葉に物思いから醒《さ》め、どっと額に汗が滲むのを感じた。

老女は、骨董屋と思って来たのだろう。店には反物の他に、骨董品や、地方の窯《かま》で焼かれた陶器などを多く並べているからだ。

親しい質屋のお内儀の話が思い出された。草むらで光るびいどろの破片を見つけ、ギヤマン（ダイヤモンド）と思い込んで、持ち込むお客が結構いるという。

「お客さん、これは……」

市兵衛が言いかけたのを、

「まあまあ」

とお瑛は遮《さえぎ》って言った。

「市さん、こちら様に冷たいお茶を出すよう、奥のお民《たみ》に言っておくれ」

この暑さのなか、すり切れた冬物の袷《あわせ》を纏《まと》い、蜻蛉屋めざして炎天下を歩いて来たのだ。奥で寝たきりの養母お豊《とよ》や、その世話をする還暦を過ぎた婆やのお初《はつ》よりも、さらに年上だろう。

市兵衛が奥へ消えると、お瑛はびいどろの包まれていた布に、財布から一分銀《いちぶ》を出して包んだ。

「この品は商品にはなりませんが、とても綺麗だから、あたしが頂いておきますよ」

「おや、まあ、そうかね」

老女は満足げに頷き、金の入った包みを拝んで懐にしまった。出された麦茶をうまそうに呑み干すと、礼を言って腰を上げ、よぼよぼと出て行った。

「女将さん！」

暖簾まで見送ったお瑛の背に、市兵衛の非難の声が飛んできた。市兵衛は二十七でお瑛より年下ながら、実務に秀で、ものの考え方も冷徹なところがある。

「あんな婆さんに騙《だま》されちゃいけませんよ。外に出りゃ、腰を伸ばして、ピンシャン歩いてるに決まってんですから」

「まさか」

「まさかじゃないすよ。あれがもし悪ババなら、味をしめてまた来ます、そうなったらどうしますか」

「……………」

お瑛は首をすくめて苦笑する。言われてみれば気になって、今閉ざしたばかりの暖簾に指をかけ、そっと外をのぞいた。

とたんにぎょっとして、思わず身を引いた。

外に、老女がまだ佇《たたず》んでいるではないか。

外は油照りで、ひまわり色の夏日が溢れかえっている。だが軒先まで蔓《つる》を伸ばした朝顔のこちら側は涼しい日陰になっていて、そこに老女がぼんやり立っていたのだ。

「まあ、どうなさいました」

改めて顔を出して言うと、振り返った。

「いえね、ここは、蓑屋《みのや》といわなかったかね」

「え？」

お瑛は驚いて見返した。蓑屋とは、蜻蛉屋の前身である。この地で養父母がその名の骨董屋を営んでいた。

「まあ蓑屋をご存知でしたか」

「しばらく来ないうちに、すっかり変わっちまったね。蓑屋の御主人はいいお人だったけど、どうされたかのう」

「義父《ちち》を覚えておいでですか」

「ちょっとだけ」

「あの、ここは暑いですから……」

お瑛は老女の手を取らんばかりに言った。

「中に入って、少しお話になりませんか」

二

その時、大通りとは逆の方向から声がした。

「いやア、暑い暑い……この日照りは、人殺しもんだぜ」

十六夜橋《いざよいばし》の方から、ずんぐりした男が黒絽《くろろ》の喪服の襟をはだけ、扇子《せんす》でパタパタ風を入れながらやって来る。

その後をひょろりと背の高い丁稚《でっち》が、日傘をさしかけて小走りについてきた。

「あらっ、誠《せい》ちゃん」

表通りの室町《むろまち》に店を張る紙問屋、若松屋《わかまつや》の主人誠蔵《せいぞう》だった。お瑛とは幼馴染《おさななじ》みで、互いにそろそろ三十に手が届く今でも、ちゃん付けで呼び合う仲だった。

「どうしたのよ、そのなりは……」

お瑛は目を丸くして言った。すると誠蔵は、喪のいで立ちを誇示するように肩をそびやかした。

お瑛は阿吽《あうん》の呼吸で頷き、畳み込んだ。

「常《つね》やんが、亡くなったのね」

「ツたく気がきかねえや、常のやつ、こんなクソ暑い日に……」

誠蔵は声をとぎらせ、滴《したた》る顔の汗を拭った。

昨夜が通夜で、今しがた坊さんにお経を読んでもらい、もうすぐ桶を担いだ野辺送《のべ》りの葬列が、深川の禅光寺《ぜんこう》に向かうという。

「まあ、忙しい」

「この暑さだ、ぐずぐずしちゃいられんのよ」

「あたし、どうしよう」

お瑛は慌てた。

「おれは野辺送りは勘弁してもらったが、陽が落ちたら精進落《しようじん》としに呼ばれてる。お瑛ちゃんもその時、一緒に行こうよ」

「今夜は約束があるの」

「男か」

「おあいにくさま。舟で花火見物よ。あんたと違ってあたしは風流人だからね」

「へへっ、そのお後はどうなんで」

「嫌ねえ、下司《げす》の勘ぐり……。近くのお内儀や娘さんたちと、新調の藍の浴衣を着る会なのよ。七、八人集まるわ」

「なんだ、浴衣美人七人衆で、浴衣の宣伝か」

「ま、そうも言えるけど。でもその後、舟は神田川を遡《さかのぼ》って蛍狩りというわけ。近くの河原に、蛍がよく飛ぶ所があるんだって」

「ふーん、それもいいが……しかし友の葬式とどっちが大事か、問いたいね」

「分かってる」

お瑛は首を傾げた。

「常やんの葬式の夜に、花火見物でもないでしょ……いいわ、舟の方は、蠟燭《ろうそく》屋の伊《い》代《よ》さんに仕切りを頼むから。ああ、ここは暑いからちょっと中にお入りよ」

「では手前はお先に」

丁稚がピョコンと頭を下げ、傘を畳んで帰って行く。

その手に駄賃を握らせ、後を見送って、はっとした。今までそばにいた老女が、日盛りの通りを去って行くところだった。

「誰だっけ、あの人」

誠蔵が首を傾げて問うた。

「さあ……」

日本橋の方へ曲がっていったが、もやもやと揺らめきたつ陽炎《かげろう》のせいで、曲がった腰が一瞬伸びたように見え、蟬しぐれが急に高く耳に溢れた。

「しかし……寂しい弔いだった」

冷たい麦茶を呑み干して、誠蔵はしんみり言った。

「常次《つねじ》のやつ、ついてねえや」

常次はこの五月、神田祭で喧嘩に巻き込まれて頭を殴られ、二ヶ月間も正気が戻らぬまま、死んだというのだ。

日本橋大伝馬町の鋳掛《いか》け屋『金茂《かねしげ》』の息子で、誠蔵とは寺子屋の頃からの幼馴染みだった。誠蔵より二つ年上だが、万事に言いなりの子分で、嬉々として悪事につるんでいた。

お瑛は、頑固者で有名な父親の茂兵衛《もへえ》が、よく若松屋に怒鳴り込んでいたのを覚えている。

そんな悪童も、長じては父親ゆずりの鋳掛け職人となった。

二十歳の頃には天秤棒を担いで、

「鋳掛けェ……鍋釜の直しィ……」

と町を流したものだ。家で修理するからと鍋釜を預り、そのままドロンしてしまう鋳掛け人もいるこのご時勢、真面目で信用出来ると評判がよかった。

父親が還暦を迎えた頃、軽い中風《ちゅうぶ》にあたって足を引きずるようになって、常次が店を継いだ。昔は目の仇にされていた町内会にも顔を出すようになり、最近は特に祭りに熱心だった。

大伝馬町は、神田明神の氏子《うじこ》である。

〝神輿《みこし》深川、山車《だし》神田、だだっ広いは山王様《さんのう》〟と囃されるように、二年に一度の神田祭では、盛大な山車を繰り出すのが売りだった。

だが今年は老中水野《みずの》様の御改革で、派手な山車はご法度《はっと》になっている。いっそ山車はやめにして、数基の町神輿を威勢よく繰り出そうということになった。

常次はその世話人を買って出て、神輿行列を先導していた。

大伝馬町から来た神輿が、本町三丁目の四つ角を日本橋方向に曲がろうとした時、日本橋を渡って攻め上がるように迫ってきた神田の神輿と、揉み合いになった。

この四つ角は、いつも神輿の見せ場である。

常次が先導していたのは、町内の職人組が担ぐ神輿だったが、相手はその名も轟く神田の火消し〝よ組〟が担いでいた。

〝よ組〟といえば派手で勇み肌で、江戸一番の暴れ者だった。

この相手に、負けじとばかりムキになってぶつかったのが、騒ぎを広げたらしい。互いに先に通すまいと激しくせり合った。あげくに些細な口論から、喧嘩に火がついたのだ。

あちこちで殴り合いが始まり、中心部では、神輿を凶器のようにしてぶつけ合った。先頭にいた常次は止めようとしたが、突進してくる神輿を防ぐ間もなく、その柄《え》でしたたか頭を突かれた。

両方から押されて行列から出られず、乱闘の渦の中心に巻き込まれ、もみくちゃになった——。

若松屋は、その三丁目角のすぐ近くにあった。

日本橋室町は、山王権現の氏子である。従って山車や神輿を出すのは山王祭の時だ。明神様の祭りでは見物に回り、店の前で茶や酒の接待をするにとどめた。

そんなわけで誠蔵は、行列をのんびり楽しんでいたのだ。

そこへ神輿の揉み合いが始まった。誠蔵は高い所からとっくり見物してやろうと、店の二階に駆け上がった。

窓から見下ろした時には、すでに二種の祭り半纏が巴《ともえ》状態で入り乱れ、乱闘状態だったのである。

阿鼻叫喚《あびきょうかん》の渦の中心の辺りで、高い叫び声があがった。

両方から押されて宙づりになっている男が常次だと気づき、驚愕して、急な階段を転げ落ちそうになって外に飛び出した。

揉み合う群衆に割って入り常次を引きずり出したが、この善意の助っ人までが、ぼこぼこに殴られた。

助け出されたとき、常次はすでに意識がなかったのである。

この喧嘩で死者は出なかったものの、負傷者は双方含めて二十人にのぼった。

暴力をふるった双方の当事者らは、すでに町奉行の厳しいお裁きを受けている。百叩きの仕置きを受けた者が数人、江戸追放が二人。かくて騒動は収まり、二か月が過ぎている。

収まらないのは殴られた誠蔵と、乱闘の舞台になった室町だった。

この町を通過中に騒動を起こし、商店の店先を血で汚したのだから、挨拶のひとつもあってしかるべきだろう。

大伝馬町からはすぐ謝罪があった。

だが神輿を担いでいた〝よ組〟からは、未だにナシのつぶてだ。

〝よ組〟は、七百人以上の人足を擁する江戸最大の火消しである。人気でも江戸一番、若い娘にモテるのも江戸一番。丸に神田の田の字を染め抜いた印半纏は、女と子どもの憧れの的だった。

一方、室町が抱えている火消しは〝い組〟である。いろは四十八組の〝いのイチバン〟、火事現場に駆けつけるのも〝いのイチバン〟、その誇り高さも〝いのイチバン〟だった。

だが数において劣るため、〝よ組〟にしばしば消し口をとられ、日頃から鬱憤が溜まっていた。今回は当然、〝い組〟に一目《いちもく》おいて挨拶があってしかるべきところ、無視されて面目丸潰れである。

この傲慢無礼を黙って見過ごせるか、ふざけるねえ……と息巻いているさなか、常次が亡くなったのだ。

三

「……それでなくても弔いには、町火消しが印半纏で駆けつけるところだろ。まして常は、町内の行事で死んだんだ」

誠蔵が汗を拭きながら言った。

「ところが常の父っつあんて、ほれ、昔からヘンな人だったろう。偏屈でヘソ曲がりで……。倅《せがれ》の死を認めてないから、弔いはやらないという」

「認めないって？」

「敵味方を問わず、えらく怒ってるんだよ。すぐぶっ壊したがる荒っぽい火消しが、昔から嫌いだったしね」

　火事が起こると、焼失した家より、火を防ぐため壊された家の方がはるかに多いといわれるほど、火消しのやり方は荒っぽい。

「常の死を番屋にも知らせてないんだ。それじゃあんまりだ、ってんで向こう三軒両隣りが親父を説得し、番屋を通さずに勝手にやっちゃったんだよ」

「まあ、そんなのあり？」

「月行事もやった家としちゃ、前代未聞さ。弔い客はおれたち五、六人だけ。火消しの弔問《ちようもん》もない。野辺の行列だって、普通は鳶《とび》の頭《かしら》が木遣《きや》りを唄ったりするじゃないか。それもなし」

「で、茂兵衛さんは？」

「線香あげたきり、作業場に籠《こも》って出てこない」

「ふーん」

「しかし……ふう、ここの茶はうめえな。もう一杯たのむ」

「お糸《いと》さんには知らせたかしら」

麦茶を注ぎながらお瑛は問う。

「いやァ、あんな嬶《かかあ》、いない方がよほど良かった。それに誰も、居場所は知らないんじゃないかな」

常次にはお糸という恋女房がいたが、偏屈な舅《しゅうと》茂兵衛と折り合いが悪く、少し前に一歳の赤ん坊を置いて家を飛び出した。

世間の噂では、頑固者の舅と、鈍くさい亭主にうんざりしたというのだが、男を作って逃げたという噂もあった。

あれこれ言われるのは、お糸が軽い眇《すがめ》で色っぽく、立ち居振る舞いがこなれており、常次の女房にしては、どこかそぐわぬところがあったからだろう。

もともと常次は次男で、兄がいたのだが、この長男も父親と喧嘩して家を飛び出し、今は行方知れずである。

だが悪餓鬼《わるがき》だった常次が、根は優しく情があったから、茂兵衛の将来はこの次男に託されたかに見えていた。ところが今度の事件で、還暦過ぎた中風あたりの老人が、一歳の赤ん坊とともに残されてしまったのだ。

「〝よ組〟から香典は届いた？」

「いや、報せてないもの」

「ふーん」

「しかし、弔花のひとつも届かなかったと知れたら、〝い組〟は収まらないだろうな」

「収まらないのは、あんたじゃないの」

お瑛は〝い組〟の組頭を思い浮かべた。鳶の棟梁をつとめる万作《まんさく》は誠蔵と同い年で、気性は荒いが、計算の出来ない男ではない。

「報せてないなら、来なくて当たり前。つまらぬ意地の張り合いはお止しよね」

「誰に言ってんだよ」

むっとしたように誠蔵は言った。

「おれは火消しじゃない。ただ……常のドジが悔しいんだ。赤ん坊と中風の父っつあん残して、こんな死に方するやつがいるか」

常次への深い思いが溢れ、口調が乱れた。

お瑛も胸にこみ上げるものがあった。

常次は昔から要領が悪く、逃げ遅れて、罪科を一身に負わされるような運の悪いところがあった。

皆で屋台で食い逃げすれば、一人だけ捕まって番屋に突き出される。夜の神社の境内に忍び込み、男女の濡れ場を覗いていれば、咳をして見つかり、逃げ遅れて半殺しのめにあう……。

今回も、何もイキがって、先頭なんかに立たなければ良かったのだ。

団扇で涼風を送りながら、そう思い巡らしていると、誠蔵が言った。

「ところで腹へった、昼を食い損なった……」

「ああ、先ほど婆やが蕎麦《そば》を打ってたわ。冷やして、冷たいダシで、さっぱりと食べないこと」

「いいねえ、お初さんの蕎麦は天下一品だから」

誠蔵は割り箸を割る手つきをし、架空の蕎麦を手繰《たぐ》り始める。

「お初にそれを言えば、大盛りになるわよ。そうそう、薬味は、庭でとれる新鮮な紫《し》蘇《そ》と茗荷《みょうが》で……」

その時、暖簾が割れて、まいどッす……という御用聞きのような声がし、また蝉しぐれが高くなった。

飛び込んできたのは、岡っ引きの岩蔵《いわぞう》である。

小柄ですばしこいので〝トカゲの岩蔵〟の異名があり、本人もそれが満更でもない様子だった。

「お、若松屋の旦那、やっぱりここにいなすったか」

「いちゃ悪いか」

「またまた。急ぎお耳に入れたいことがありやして、探してたんでさ。いえ、常さんの葬式に出なすったのは分かっていたが……」

「結論から言ってくれ」

「行列は、明神下に向かってまさァ」

「なんだって？」

誠蔵は顔色を変え立ち上がった。

「埋葬は深川のはずだぜ」

「ところが、風向きが変わったらしいんで。〝い組〟の連中が途中からどんどん加わって、入れ替わり棺桶を担ぎだした」

「そりゃ茶番だ。本来はあの神田の〝よ組〟が来てしかるべきところだ、室町の〝い組〟が来てどうする」

「誰かが報せたんでさァ。家を出たときゃほんの五、六人だった葬列が、たちまち三十人くらいに膨れ上がっちまった。このまま〝よ組〟の番屋に殴り込みをかけよう、と途中で話がまとまって、両国橋の辺りから引き返し……」

「あいつら、暑さにのぼせたか」

誠蔵は舌打ちして小銭を岩蔵に握らせた。

「おれが談判に行くから、親分は組頭の万作に報せてくれ」

「合点《がってん》です」

「お瑛ちゃん、蕎麦はまただ」

言って暖簾を割り、後も見ずに飛び出した。その後を、岡っ引きが追って行った。

四

「……どれ、お見せ」

床に半身を起こし、食後のお茶を啜りながらお瑛の話を聞いたお豊は、言った。

渡されたびいどろの破片を、目を細めてじっと見ていたが、ただのびいどろだねえ、と呟いて返してよこした。

「確かに奉公人にお宝を届けさせるお旗本は、何人もいなすったよ。たぶんそんなお使いで、うちに来ていた人だろう。ちなみに幾つくらいだったかえ?」

「腰の曲がり方からして、七十過ぎに見えたけど」

陽射しの加減で、ふとその腰が伸びて見えたのを思い出し、お瑛は一人苦笑する。

「……おまえのお父さんのツシマ様も、長崎びいどろを買っていきなすったことがある。でももうずいぶん昔のことだ」

お豊は喋り疲れたらしく、身ぶりで寝かせてくれるよう頼みながら言った。

お豊を床に寝かせ、縁側に蚊遣り火を焚きながら言った。

「おっかさん、今夜の着物だけど、略式でいいですね」

「葬式が略式だもの、着物ばかり正装じゃ浮いちゃうだろ」

お瑛は笑って頷いた。

冠婚葬祭のたび、未だに礼服やしきたりについて、お豊に伺いをたてるのだ。着物にまつわる複雑な決めごとには、幾つになっても疎《うと》い。だがつい面倒になって勝手に省略すると、それを見た若い娘たちが、それでいいと思って真似をすることがある。

自室に引きとると、庭にはまだ明るさが残っていた。幾らか風があるらしく、時折りチリンと風鈴が鳴った。

乱れ籠に、灰色の江戸小紋をお初が出しておいてくれていた。お瑛は姿見に全身を映し、お民に手伝わせて手早く着替える。

黒帯を締めながら、床の間の違い棚にあるびいどろに、ふと目を向けた。それはさる人からの贈り物で、父の遺品ではない。だが父が、びいどろが好きだった記憶がおぼろにあり、あわあわとおぼろな幼い記憶を一瞬懐かしんだ。

お瑛は老女の持ち込んだ小さなびいどろを、その隣りに置いた。


宵の町には、花火の音が響いていた。

夕涼みの浴衣姿で溢れる生暖かい人混みを縫って、駕籠で大伝馬町まで行った。

『金茂』は裏通りにある、古い鋳掛け屋だった。

昔、お瑛は何度か遊びに来たことがある。

店はあの頃より一回り縮んで古くなったように見え、その分、しみついた懐かしい思い出は濃くなったようだ。

そう、〝カネシゲの怖いおじさん〟はいつも、店から土間を抜けて出る裏庭の作業場におり、そこからコンコンと金槌の音がしていたっけ。その音が聞こえていれば、皆静かだった。

悪童どもは皆、親父さんに睨まれており、特に誠蔵は目の敵《かたき》だった。ただなぜかお瑛にだけは優しく、こんにちはと挨拶すると、

「お転婆娘が、元気にしてるかい」

などと口をきいてくれたものなのだ。

店の横の路地の入り口に、提灯《ちょうちん》が下がっており、その灯火に導かれて狭い路地を入ると、勝手口の戸が開かれていた。土間に入ると、座敷に仏壇が据えられ、あかあかと灯明《とうみょう》がともされている。

座敷はひっそりして誰もいないようだ。いや、一人いた。灯火のそばにいた浪人者らしい二十二、三の侍が、戸惑っているお瑛を見て、にじり出て来た。

「蜻蛉屋の女将さん?」

「はあ、そうですが……」

「若松屋さんから聞いてます。私は河原崎《かわらざき》と申す者で、灯明の番を頼まれています」

河原崎と名乗った侍は、礼儀正しく言った。

「まあ、それはお疲れ様です」

「なに、近くに住んでますんで。皆はまだ帰って来ませんよ。精進落としの準備は、とうに出来てるようだが……」

奥から煮炊きのいい匂いがし、皿が触れ合う音がしている。

「遅いですねえ。どうかしたんでしょうか」

「なんだかえらい騒ぎになったらしくて」

河原崎青年の語るところによると――。

葬列は埋葬地ならぬ明神下の番屋を取り巻き、棺桶を番屋に押し込んで気炎を上げたというのだ。

いきなり押しかけられて、番屋親方は大慌てだった。

火消し〝よ組〟の主《おも》だった何人かは、神田祭の喧嘩の仕置きで江戸を出ているし、鳶たちは仕事で散っていた。

誠蔵が駆けつけたときは、鳶たちが集まり始めていたが、誠蔵が汗だくで〝い組〟をなだめた。改めて話し合いを持つということで、その場をひとまず収めたのだという。

それから元の四、五人にもどり、葬列はやっと深川に向かった。

だが炎天下のこととて暑気当たりで倒れる者が出て、一人がもどって来た。休み休みの行列だったし、埋葬にも手間どっているらしく、誰もまだ帰って来ていない。

「話を聞いて茂兵衛さんは具合悪くなって……そりゃそうです。火消しの荒っぽさを嫌って、葬式も断ったくらいだから。それを、隣り町の火消しのおかげで棺桶が行ったり来たり……。これじゃ中の常さんも往生《おうじょう》できません」

「そうですねえ」

「ああ、茂兵衛さんは奥で寝てますが？」

お瑛は少し考えてから言った。

「ご挨拶はまたにします。若松屋さんは？」

「若松屋さんは早めに来たんですが、またすぐ呼びもどされて、飛び出して行ったんですよ」

「まあ……どこへ？」

「さあ」

河原崎は首をひねって言った。そこへ、奥でやりとりを聞いていた近所のおかみさんが、前掛けを外《はず》して出て来た。

「あの、あたしは隣りの留《とめ》と申しますがね。若松屋さんは、もうすぐ来なさると思いますよ。後で蜻蛉屋の女将さんが来るから引き止めておいてくれ、って言われたんで」

「何があったのでしょう」

「〝よ組〟ですよ。血の気が多いんだねえ、神田の若い衆は。いったんは引いたけど、夕方になってまた、室町の番屋に殴り込みをかけたんだって」

「まあ……」

「気の毒に若松屋さん、その仲裁に呼ばれたんじゃないですか。ま、そのうち、深川の方ももどるだろうから……」

お瑛は仏壇に香典を供え、線香を上げた。

いっこうに誰も帰って来る気配もなく、誠蔵のことが気になって腰が浮き、両国橋の花火のドーンドーンという音しか耳に入らない。

「まったく、何やってんだろうねえ」

お留は、何度も外に様子を見に出たが、お瑛もしびれを切らしていた。

「あたし、今夜はこれで失礼します」

いずれ改めてまた伺います、と二人に言い置いて、金茂を出た。

路地は真っ暗だったが、表通りはぞろぞろと両国橋に向かう提灯の灯りで明るかった。

江戸の人は出好きだと言われるが、特に夏の夜は呆れるほど人が多い。暑い夕方、外売りの総菜を買って夕食をすませ、涼みがてら花火を見に行くのが何よりの楽しみなのである。

人の流れに逆らって、お瑛は汗にならぬようゆっくりと室町の方へ向かった。

どっしりした構えの若松屋はすでに灯を落とし、軒灯《けんとう》が店の前をぼんやり照らしている。灯りの中を急ぎ足で通り過ぎ、室町の番屋まで直行した。表戸は開け放たれていて、簾越しに、老番人が一人で煙管《きせる》の手入をしているのが見えた。

「やァ、蜻蛉屋の女将さん」

番人は顔を上げて言った。

「こんばんは。夜になってもお暑いこと。騒ぎはもう収まったようですね」

お瑛は上がり框に腰を下ろして言った。

「へえ、おかげさんで、みな引き上げたがね。えらく気の荒い連中なんで、いやはや、胆《きも》が冷えたわい。わしァ大概のものは平気なんだが、長物《ながもの》だけはどうも苦手なんでさ」

「……蛇？」

「そうともさ、女将さん、ひでェことをしやがる。三尺はありそうな青大将をこうぐるぐる回して、この土間に投げ込みやがった。ウナギじゃァねえんだ」

煙管を手に持ってぐるぐる回して見せると、蛇嫌いのお瑛は思わず立ち上がり、土間の暗がりを提灯で照らした。

「ははは、もう大丈夫でさ、裏の草むらへ追い出しちまったよ。連中は、一袋分投げ込むとほざいてね、そんなことされちゃたまったもんじゃねえ。ああ、若松屋の旦那をお探しで?」

「ええ、おかげで常さんのお弔い、滅茶苦茶です」

「はあ、えらいこっちゃ、鶴亀《つるかめ》鶴亀……。あの大将なら、十軒店《じっけんだな》の井桁家《いげたや》じゃろ。〝よ組〟の新しい組頭と仲直りしてね。近づきの印に一杯やろうってんで、小人数で繰り込んだようだよ」

火消し同士の喧嘩の手打ちは、派手なのが普通で、両国の座敷を借り上げて一日がかりで行ったなどという話もある。

だが今回のように、棺桶と蛇のやりとりでは洒落《しゃれ》にもならない。

ちょうどここで五つ(八時)の鐘が鳴り出した。老人は頷きながら言った。

「そう、もうかれこれ半刻(一時間)前になるかね」

五

「誠さんなら来てるよ……」

新道の奥にある『井桁家』に顔を出すと、若主人の新吉《しんきち》が意味ありげに目配せして顎で奥をしゃくった。

見るまでもない。高い衝立で仕切られた奥の入れ込み席から、威勢のいい声や高笑いの声がさかんに聞こえてくる。

「盛り上がってるわね」

お瑛が囁くと、新吉は頷いた。

「奥座敷を使っていい、って言ったんだけどねぇ」

膳を囲むのは、〝い組〟と〝よ組〟の組頭と若頭、それに誠蔵の五人である。火事場で鍛えた傍若無人《ぼうじやくぶじん》な大声は、他の客に迷惑がかかると案じたのだが、誠蔵は一杯引っかけるだけだから、とそこに陣取ったという。

火消しは常人より体格がいい。お瑛がそっと首を伸ばすと、こちらを向いて座っている顔がよく見えた。

商売柄、一瞬で相手の特徴を摑むのは、お瑛の特技である。

二人とも男前で、がっしりした身体に、丸に田の字の印が浮き上がった黒い祭り用の法被《はっぴ》がよく似合っていた。

特に通路側に座っている十八、九の若者は、役者にしたいような色男だった。細い顔に吊り上がった切れ長な目が、大暴れした後の酒で、まだ血走っている。

だがお瑛が見たかったのは、その隣りの男だった。

お瑛より一つ二つ上だろう。日焼けして引き締まった細面《ほそおもて》に、太い眉をひそめがちにした、苦み走った男である。

実はお瑛は、かれが佐平次《さへいじ》という名であり、若い時分は神田〝よ組〟で纏いを持って暴れていたのを知っていた。

前の組頭が江戸追放になった現在、順当にいけばこの佐平次が組頭に直《なお》っているはずだった。それともお奉行様の仕置きは、この若頭にも及んだものかどうか。

そのことを確かめたい一心で、ここまで来たのである。

お瑛が、小普請方吟味役《こぶしんかたぎんみやく》の武士に嫁いだのは十七だったが、姑《しゅうとめ》と合わず二十一で離縁した。以後しばらく家にこもり、蓑屋を手伝うほかは滅多に人に会わず、外出することもなかった。

そんな時、お豊に誘われて行った神田明神の縁日で、ちんぴらに因縁をつけられて困ったことがある。そこへ通りかかった若者が、威勢のいい啖呵《たんか》で追い払ってくれたのだ。

〝おれの女に手を出す木《こ》っ端《ぱ》野郎はどこのどいつだ〟と。

それが佐平次だった。

噂では腹の据わった命知らずで、纏い持ちとして屋根に上がれば、燃え落ちる寸前まで下りてこないとか。腕のたつ鳶職人だったから、頭取の娘との結婚話も出ているという。

そんな佐平次と、窮状を救われた縁でたまに会うようになった。初めは軽い気持ちだったのだが、次第に本気になっていき、とめどない自分が恐いほどだった。

佐平次には艶聞が絶えず、とても付き合いきれる相手ではない。

武家との結婚で地獄を見た後で、臆病になってもいた。

すべてきれいにするから所帯を持とう、と佐平次から口説かれた時は悩みに悩んだが、結局は断って別れた。

お瑛の行く末に心砕く養母お豊は、今度は命知らずの火消しと恋仲になっていると知ったら、どんなに驚き嘆くだろう。八百屋お七《しち》になる気かい、と。

そんなあれこれから、お瑛はきっぱりと身を引いたのだ。三日にあげず会っていたのに、別れてからは決して会わなかった。いったんヨリが戻れば、引き返せないと思ったからだ。

それが蜻蛉屋開店の直前だったから、佐平次の顔を見るのは数年ぶりのことになる。

奥の入れ込みに、壁を背にして座っているのはまぎれもなく佐平次だった。一瞬、身体が痺れるような衝撃を受け、亀の子のように首を引っ込めた。あの頃より貫禄が出て、さらに男ぶりが上がっているようだった。

これでいい。一目見れば、それで満足だった。佐平次は、ぶじ組頭になっているらしい。

「新ちゃん、あたし、帰る」

新吉に向かってそう囁いた。

「えっ、どうして？　誠さんが怒るぜ」

「今夜はもう疲れた。明日また会うから」

「じゃ、誰か若いのに送らすよ」

「いいって。今夜は人出が多いし……」

言いかけた時、思いがけず〝よ組〟の若者から声がかかった。

「姐《ねえ》さん、お冷やを一杯くんねえ」

　さすがに鳶は目がいい。先ほど首を伸ばしたのを見逃さなかったのだ。だがお瑛は取り合わず、新吉に合図して店を出ようとした。

「おっと姐さん……」

　酒が回って潤んだ、かん高い声が追ってくる。

「聞こえなかったかい、あんたに頼んでるんだぜ」

　気の短い連中である。変に尻込みしては、剣呑《けんのん》だった。

　とっさに覚悟を決めたお瑛は、新吉が手にした水の茶碗を盆に載せて、にこやかに運んで行った。

　ハッと佐平次が息を呑むのが分かった。

「別嬪《べっぴん》だなあ。姐さん、この店の人？」

　若者が屈託《くったく》なく訊く。

「いえ……」

　苦笑して言い澱むと、誠蔵が代わって答えた。

「この人はお客さんだ。近くの布屋の女将で、お瑛さんという。お瑛さん、紹介しよう。こちらが〝よ組〟の新しい組頭で、ええと……」

そこで佐平次が頭を下げ、やや低い声で引き取った。

「あっしは佐平次、隣りが若頭の政助《せいすけ》……お見知りおきを」

無言でお瑛が頭を下げると、政助と紹介された若頭がいささか高飛車に言った。

「お瑛さんか。それは失礼しやした。せっかくだから、一緒に呑みやしょうや。美人がいると、酒の味がよくなる」

「あいにく呑めないんだよ、お瑛さんは」

そばにいた〝い組〟組頭の万作が、笑顔でいなした。

「さっきも言ったように、今夜は常次の精進落としなんだよね。それで誠さんを迎えに来たんだろ、お瑛さん？」

「はい」

お瑛は笑顔で頷いた。

「これからあちらに戻りませんと」

「そいつァすまねえ。ただ今度のことは、恨みっこなしですぜ」

政助の言葉に、万作は自ら乗り出してその盃に酒を注いだ。

「分かってるって。野暮《やぼ》は言いっこなしだ。まあ、もう少し呑みねえ」

さすがに万作は棺桶担ぎには加わっておらず、若い衆の軽挙盲動に腹を立てていた。

「そもそも今度のことは、誰が悪くもねえ」

黙って聞いていた佐平次が、おもむろに口を開いた。

「あえて言えば金茂の父っつあんが悪い。知らせを受けてりゃ、あっしらだって、香典を届ける心づもりはあったんで」

「それをいきなり棺桶担いで振り回されちゃァ、ホトケさんも浮かばれねえが、あっしらも……」

狙いすましたように政助が突っ込んだ。

「まあまあ、落ち着け。ここは仕切り直しだ」

佐平次が言った。

「若松屋の旦那、今夜これからあちらへ行きなさるなら、あっしも連れてっておくんねえな」

「えっ、いや……」

いきなり振られて、誠蔵は少し面くらったようだ。

「そりゃ有り難い話だが……しかし、これからじゃもう遅いよな」

お瑛の顔を見て言ったが、お瑛は目を伏せたまま黙って頷いたので、おや……というような顔になった。

いつもはおきゃんで、何かしら混ぜ返すお瑛が、今夜は借りてきた猫のように静かだった。

一方の佐平次もずっと苦み走って無言でいたのに、お瑛が加わってから微妙に変化し、発言も積極的になっている。

もちろん誠蔵は、お瑛の男性関係はほとんど知らない。

お瑛が離縁するのしないのと失意のどん底にいた頃、誠蔵もまた火宅《かたく》だった。色里に入り浸って莫大な借財を作り、傾きかけていた若松屋を倒産の危機に追い込んだのだ。

互いに自分のことで精一杯だったから、相手のことを詳しく知る余裕などなかった。

二人が再会し、昔の気安さを取り戻したのは、〝男やもめ〟と〝出もどり女〟になってからのことである。

誠蔵は目がぎょろりとして小太りで、お世辞にも風采は良くないが、勘がいいのは昔と変わらなかった。

今も座の空気のどこかに、何かしら妙なしこりを感じていた。

「まあ、志は有り難いが、望むらくはこんな時間じゃなく、明日のおてんとさんの下で、親父さんに会った方が良いと思う」

「わかりやした」

佐平次が頷くと、誠蔵はさらに言った。

「まあ、仲良くやろうや。来年の山王祭じゃ、こちらの神輿を明神下に通させてもらうわけだし」

「そりゃもう、喜んで……」

「今頃おたくらの番屋に、菰樽《こもだる》が届いているはずだ。おれのおごりだ、皆の衆で呑んでもらおう」

そこで手締めとなって、お開きになった。

勘定は若松屋に回された。

六

「……キノコを探して分け入るうち、道に迷っちまってねえ」

常次の初七日の夜である。

喋っているのは、故人が習っていた長唄の師匠だった。

葬式も、その夜のお浄めの宴も流れたため、改めて悼《いた》む会が持たれたのである。

お瑛は誠蔵に誘われて、店を閉めてから出かけて来た。

すでに近所の人が集まっていて、故人の話がひととおりすむと、お定まりの怪談話になったのだ。

「ケモノ道をやみくもに登り下りするが、いっこうに本道に出ない。陽は傾き始め、ねぐらに急ぐカラスの声がうるさく耳につく。必死で彷徨《さまよ》ううち、カーン、カーンと木を伐る音が聞こえてきた。木こりが木に、斧を入れている音だ。やれ有り難や、人がいる……」

風がある夜で、仏壇の灯明が大きく揺らいだ。長唄の師匠は名調子で、続けた。

「音のする方へ、背丈ほどもある熊笹をかきわけた。音はだんだん近くなる。笹藪が切れるや、ぱっと飛び出した。ところがどうだ、木などありゃしない。木の古い切り株があるだけで人もいない」

一瞬しんと座は静まり返った。

「狐に化かされたか、はたまた天狗のしわざか……」

師匠が咳払いして、次を言おうとした時玄関に人の声がした。

「女将さん」

ぎょっとしてその声の方を見ると、店の丁稚の文七《ぶんしち》が、肩で息をしながら立っている。

「まあ、おまえ、どうしたの」

お瑛はすぐ上がり框までにじり出た。

「たった今、明神下の番屋から呼び出しが来ました、おばば様を引き取りに来てほしいと……」

「なんだって？」

〝おばば様〟とは、店ではお豊の呼び名である。

「おっ母さんがどうしたっていうの」

「明神様の境内で、火を燃やしていたそうで」

「付け火？　まさか！」

そんなことあるはずがない。

お豊は足萎《な》えではなく、厠《かわや》や湯殿に行くことは出来る。だがせいぜいその程度で、一人で家から出ることはなかった。

「おっ母さんは、どうやって明神様まで行ったのかえ」

「たぶん駕籠で……」

「出かけたのを、おまえやお民は知らなかったの？」

「お民さんは湯屋、お初さんはおばば様の代理で町内の講《こう》に出かけなさって……」

「おまえが一人で留守番してたんだね。でも裏玄関の上の部屋にいて、おっ母さんが出かけるのが分からなかった？」

言いながら、胸がドキリと高鳴った。

ふと思い浮かんだことがあったのだ。

この暑い中、どこへも出かけられず、床の中でドーンドーンという花火の音を聞くばかりの毎日に、焦《じ》れたのだろう。日頃は冷静そのもののお豊が、呟いたことがある。

「ああ、花火も見られないんじゃ、生きてる甲斐がないねえ。いっそお江戸を火の海にして、火の粉を眺めながら死のうかね」

「悪い冗談を言わないでよ」

お瑛は苦笑し、聞き流したのだ。

まさかとは思うが、人はいつなん時、突然の狂気に駆られないとも限らない。そうであれば、今夜のように皆が出払っている空白時を狙うだろう。

振り向くと、誠蔵がすぐ背後に立ち、大きな目をぎょろつかせてじっと聞いていた。

「誠ちゃん、あたし、これから明神下まで行ってくるわ」

「おれも行くよ」

と、もう下駄に足を入れている。

「あたしなら大丈夫、そこらで辻駕籠を拾うから」

行けば佐平次がいるだろう。誠蔵が来ると厄介なことになるかもしれない、とぼんやり予感した。

「それよりせっかくのお集まりなんだから、残ってちょうだい。後をよろしく頼むわ」

「いや、ちょっと寄る所を思いついたんだ」

と誠蔵は引き下がらない。

「後ですぐ追いかけるから、明神下の番屋で会おう。文七、おまえは急いで帰れ。家に誰もいないんだろ？　火事でも出したら、おまえの首が飛ぶぞ」

暑い夜だったが、風があってしのぎやすかった。

番屋の前に駕籠を待たせて、走るように中へ踏み込んだ。

印半纏や消防具が吊るされた広い座敷の上がり框で、老女が一人うたた寝している。

その顔を燭台の灯りで見て、お瑛は仰天した。

腕の古い火傷までが見えていた。

それはびいどろのかけらを売りに来た、いつぞやのあの腰の曲がった老女ではないか。

一体このひとが何故……？

一瞬息を呑んでいると、将棋台を囲んでいた男の中から、一人が上がり框まで出て来た。佐平次である。

「お瑛さん、こんな遅くにどうもすまないことで……」

「あんたが、娘さんかい」

佐平次に続いて出て来たのは、番屋親方だった。

「いや、本来なら火盗改《かとうあらため》に突き出すところだがな。名を訊いたら、日本橋のそばの〝蓑屋〟の名を言った。するとこの頭《かしら》が、聞いたことがあると言うんで、調べてみたんだよ」

地図で調べてみると、日本橋近くに蓑屋という店はない。だが佐平次が覚えていて、蓑屋はいま蜻蛉屋になっていて、確か老女が一人いるはずだ、と言った。

それで突き出さずに、お瑛を呼んだのだという。

「いえ……どうやらお人違いのようですね」

お瑛は言って、無言で見ている佐平次に目を移した。

「ああ、人違いと……？　それはすまないことをした、そんな古い記憶があったもんでね」

佐平次は頬を引き締めて謝ったが、その目は笑っており、再会を喜んでいることが伝わってくる。

「しかし蓑屋さんが、蜻蛉屋になったんじゃござんせんか」

「義父が亡くなって代が変わったのです。おかげさまで義母はまだ健在ですけど、このおばば様ではありません。一体どういうことだったのでしょう」

「付け火でさ……」

佐平次は、驚くお瑛の顔を見、その目で老女を返り見た。

今夜はいつもより風が強いため、夜廻り組が警戒して回っていた。すると神田明神の軒先が赤いので駆けつけてみると、この老女が枯れ葉を集めて、火を燃やしていたという。

「燃え移らなかったのは不幸中の幸い。奉行所に突き出そうってんで若い衆が逸《はや》ったが、見たら高齢の婆さんだ。お奉行所に知れる前に、家族に引き渡そうってことになったんで」

番屋親方は言い、自分の頭を指さした。

「どうやらこのお婆、ここが少しまだらのようだね。蓑屋の名は言っても、自分の名前は言いよらん。はて、どこのどなたか……」

その時、番屋の前にまた駕籠がついた。駕籠から飛び出して、番屋に駆け込んで来たのは誠蔵である。上がり框でうたた寝をしている老女を見るや、得たりとばかり声をあげて笑いだした。

「ああ、やっぱりあのエビ婆さんだ」

思わずお瑛は立ち上がり、老女と誠蔵を見比べた。

「どうしてって分かったの？」

誠蔵は笑いを引っ込め、苦々しげに言った。

「その前に言わしてもらう。どうしてお豊さんのはずがあるんだよ」

「…………」

「お豊さんが付け火する人かどうか、あんたが一番知ってるはずじゃないのか」

逆に問い詰められ、お瑛はぐっと詰まった。

「お婆だと聞いて、おれはピンときたぜ。こないだ蜻蛉屋で見かけた、あのエビ婆さんを思い出したんだよ。実はおれは以前、あの人をどこかで見かけた覚えがある。あの時はどこだか思い出せなかったんだが、さっき突然思い出した。今年の初めごろ、室町の番屋に捕まったことのあるお婆だよ……火遊びでね」

佐平次らは顔を見合わせた。

「火遊びでも、日録に名前くらいは記録されてるだろう。そう思って今、室町の番屋に寄って、調べてきたんだ。深川のどこかで飯炊き女をやってる、お粂《くめ》って婆さんだと……」

七

「これ、おババ、起きろ」

老番人が、足で老女を小突いた。

「若い衆がその辺まで送って行くから、とっとと深川に帰りやがれ」

「何しやァがる」

老女は半身を起こした。

「へっ、威勢のいいババだ。男なら突き出すところだが、火盗改に知れちゃ火炙《ひあぶ》りだ。

婆さんの黒こげなんか見たかねえや。有り難いと思いやがれ。いや、若松屋の旦那、おかげで助かりやした」

「なに、簡単なことさ。ただ……」

誠蔵は佐平次に目を移し、睨むようにして声の調子を改めた。

「ひとつ言わせてもらうがな、おたくら、こんな簡単な調べもしないで、夜の夜中にいきなり人を呼び出すのかい。走り回される者の身にもなってみなって」

「………」

番屋の中に緊張が走り、しんと静まった中で、皆が一斉に番屋親方の周囲に集まってきた。

「お言葉を返すようだが、若松屋の旦那」

佐平次が言った。

「このお婆に名を訊いたら、日本橋〝蓑屋〟とはっきり答えやしたんで……」

「蓑屋なんてないんだぜ。それで変だとは思わなかったんなら、とんだすっとこどっこいだ」

「誠ちゃん、もういいって」

とお瑛がそばで袖を引いた。

やっぱり思ったとおりである。いささか強引にお瑛を呼び出した佐平次の勇み足を、誠蔵の嗅覚が見逃さなかったのだ。

蓑屋が蜻蛉屋の前身であり、その主人の女房がお瑛の義母……とそこまで佐平次が内情を知っていたとしたら、そこに何かしら疑念を感じるのが普通だろう。

「よかれと思ってしなすったこと」

お瑛が言った。

「あたしはちっとも迷惑なんて思ってやしないんだから」

「いやいや、若松屋の旦那の言いなさるとおりでさ」

思いがけなく佐平次が頭を下げ、下手《したで》に出た。

「すべてあっしの早とちりだ。この風の夜中に女が焚き火するなんざ、尋常なことじゃねえ。これはまず、火付けの常習を疑わなくちゃなんねえ。前科もあるか……と、近くの番屋に問い合わせするぐらい、当たり前の段取りでさ。それを怠ったあっしは、おっしゃるとおりとんだすっとこどっこいだ、浅はか千万、大きにご迷惑かけやした」

上がり框で手をついて、丁重に謝った。そんな組頭に、今度は若い鳶らが熱くなり、口々に罵りだした。

「お頭《かしら》が謝ることじゃねえぞ」

「そうだそうだ、すべてわいらの流儀でえ」

「わいら、明神様のお膝元中のお膝元でえ、夜には寝息が聞こえる距離よ。山王権現の、口出しすることじゃねえや」

「そうともさ、神田の天下祭は、わいらのもんよ。祭りになりゃ、七、八百の人足が神輿担ぎに集まってくる。そこらの半人前でも、うちの印半纏を着せりゃ、〝い組〟よりゃよっぽど女にモテらあ。旦那は、それが妬ましいんじゃねえっすか」

そうだそうだと口々に喚きたてる若い衆を、佐平次はたしなめもせずにじっと見ている。

「そりゃもちろん、羨ましいさ」

引く様子も見せずに誠蔵は言った。

「確かに〝よ組〟には、おめえらのような、男前でいなせなアニさんが揃ってる。江戸一番イキがよくて弁がたつ。だからってそれがどうした。オンナ子どもに受けるのもいいが、たまにはココとココを使って、一丁前の男にも受けてみろ」

頭と腹を、人さし指で指して言った。

「なにィ……」

と相手は色めきたった。

「あっしら、あんたら商人《あきんど》と違って腹に溜りものはねえんだ。腹に一物は、あんたらの十八番じゃねえのか」

「腹に一物もないような男は、ただの青二才の洟垂《はなた》れ野郎だ」

「もういいって、誠ちゃん、さあ帰ろう」

お瑛が袖を引っ張ったが、誠蔵は根が生えたように動かない。

「なあ、若松屋の大将よォ、この際はっきりさせてもらいてえ。山王祭は、もともとお侍ェの祭りじゃねえすか？　神田祭がわいら町人の祭りとすりゃァ、山王祭はお上《かみ》のお侍ェの祭りでごぜェやしょう」

「公方《くぼう》様の天下が安泰なら、町人も安泰だ」

「それであんたら商人はいいんけえ」

「そうだそうだ、室町あたりの旦那衆は、わいらのように命張ってる町人とはわけが違わぁ」

別の一人がかさにかかってきた。

「濠端商人といやァ、神君家康公の代から、町人のナリしたお武家さんよ。別の名を、ヌエってんだそうだぜ」

どっと笑いが起こった。

「金にもならん祭りなんぞ、やってる暇はねえってか」

「悔しかったら、てめえらの祭りをやってみろって。豪勢なお大尽遊びもいいが、たまにゃパッと人のために金使え」

口々の罵詈雑言《ばりぞうごん》を、誠蔵は黙って聞いていた。

薄笑いとも怒っているともつかぬ曖昧《あいまい》な面持ちで、左手を懐に突っ込んだ。とたんに飛びのいて構える者がいた。

やおら誠蔵が懐から出したのは手拭いで、汗の滴る額をゆっくりなでた。

「ああ、そのとおり、ごもっともだ。しかしそんな話なんざ、目新しくもなんともない。昔から、炬燵《こたつ》囲んだ鼻水ジイサンらの一つ話よ。日本橋には神田祭と山王祭がある、若いやつらにしてみれば、そっちが面白い。やるならとんでもない祭りをやらなけりゃ、意味もない。二番煎じのしょんべんくせえ祭りなんざ、ばかばかしくてやってられんとね」

「じゃ、とんでもねえことをやりゃいいじゃねえすか」

「天下の若松屋の旦那だ、やって見せてもらいてえ」

「それとも銭勘定に忙しいか」

囃《はや》されて、誠蔵がおもむろに言った。

「ああ、やってやろうじゃないか」

「大将、そうこなくちゃ！」

「誠ちゃん、およめって……」

そばでお瑛が怖い顔で止めたが、こうなると聞く耳は持たない誠蔵である。

「そのうち誰にも出来ない、とんでもない祭りを盛大にぶち上げてやるわ。楽しみに待ってなよ」

「そいつァ豪気だ、ただし、そのうちってぇのはいつのこって？」

「そうだな、年が暮れる頃まで待ってもらおうか」

お瑛は押し黙って、さっさと番屋を出た。

むし暑い夜気に、むっと草の匂いが溶けている。

「……お瑛ちゃん、送るよ」

追いかけるように出て来て、誠蔵は言った。

「結構です、駕籠を待たせてるから」

「あのさ、誤解しないでほしいけど……」

「どう誤解するのよ。日本橋の老舗の旦那が、あんな若い衆の挑発に乗ってのっぴきならぬ約束をしたってことでしょ。誤解しようもないわ。向こうの頭《かしら》はちゃんと謝ってるのに、なに考えてんだか……」

「いや、あの佐平次って、なかなかしぶといやつだよ。頭は下げるが、やることはやる。夜中に呼び出したりしたのも、お瑛ちゃんに下心があるからでさ」

「へえ、じゃ、あたしのために言って下さったわけ。それはご親切なことねえ。あんな大見得切ったのも、ただ引っ込みがつかなくなっただけじゃないのよね」

皮肉たっぷりにお瑛は言った。

「なに、ただの出まかせさ」

嘯《うそぶ》いてみせたが、ふと我に返って事態の大きさに気付いたように、急に絞り出すような声を出した。

「しかし……どうしよう」

「勝手にやれば」

お瑛はピシャリと言い、駕籠に乗り込んだ。

「あんたみたいな大馬鹿、見たことない……」

と極めつけの捨てぜりふを残し、さっと簾を垂らした。

駕籠は走りだし、闇の中に提灯も持たずに呆然と立っている誠蔵の前を通り過ぎて行った。

誠ちゃんのばか……。

何もかもぶち壊しにしてくれた……。駕籠に揺られながら、とめどなく涙が溢れてきた。

いきなりお瑛を呼びつけた佐平次は、確かに勇み足だった。

だがそれもこれも、公務にかこつけて、さりげなく自分と逢う機会を作りたいと願ってのことに違いない。その心の動きは、お瑛には手に取るように分かる。

お瑛もまた、さりげなく誘いに乗りたかったのだ。

家にあるびいどろの水差しは、実は以前、あの佐平次にもらったものだった。

「これ……」

とおずおず差し出し、こんなことを言ったっけ。

豪商の屋敷の焼け跡を見回っていた時、水に濡れてきらきら光っている物に心惹かれ、思わず手に取った。

遺留品を私物化するのは固く禁じられている。もとより佐平次は物欲などまるでない江戸っ子だ。誰もいない物陰に小判一枚見つけても、人を呼ぶ男だった。

だが骨董屋の娘と恋仲になってから、邪心が出たと。

それまで何の関心もなかったびいどろを、とっくり見てみると、いつ割れるとも限らぬ危うさが何とも言えずいとおしい。これを美しい恋人に見せたらどう言うだろう、そんな一心で、つい懐に入れてしまったと。

「ほしければ持っていきな」

いかにも照れくさそうに言った佐平次の顔は、今も瞼に焼き付いている。

交際を絶ってから、そのびいどろ水差しを見て、何度涙したことだろう。透きとおって今にも壊れそうな危うい長崎渡りの器の中には、見果てぬ夢が詰まっているようだった。

佐平次のような男とは、到底付き合いきれないとわかっているが、夢を見ることはできる。びいどろには、そんな見果てぬ夢が閉じ込められている。

それが壊されたようで、涙が止まらなかった。

しかし……。

しゃくり上げつつ、これで良かったと、心のどこかで安堵する自分がいるのだった。

命しらずの佐平次は、火事があればいつでも火の中に飛び込んで行くだろうし、艶聞は一生絶えず、女房を苦しめ続けるだろう。

自分には、平凡な暮らしが似つかわしい。小さいが日本橋のど真ん中に構えた蛸蛉屋と、四人の奉公人と病母の暮らしがかかっているのだ。

花形火消しと人並みには添い遂げられない事情は、今も昔も少しも変わっていない。

気が付くと、どこか遠くで半鐘が鳴っていた。

駕籠の歩みが遅くなり、間もなく駕籠かきの声がした。

「心配ねえッすよ。あの鳴り方は一つばんだ。風はあるけんど、火元はずっと風下だしね」

「ありがとう」

半鐘が聞こえだすと、一つ床にいても跳ね起き、手早く身支度を整えて飛び出して行った佐平次が、ふと懐かしく肌にまとわりついてくるようだ。

だがそれは夢だ。夢は醒めるものだ。

恋路を邪魔した誠蔵なんて大っ嫌いだが、これが最上の解決だったと思わずにはいられない。

だがそう思うことは、何かしら悲しい気がする。打って出て堂々と戦わなかった果たし合いのようだ。

結局あたしは一生、好きな人の女房にはなれないんじゃないかしら……そんな気がして、駕籠に揺られるまま泣き続けた。

第二話　螢狩り

江戸って……かくも美しい町だったのですねえ、お瑛さん。

夏の暮なずむ頃の風情《ふぜい》はまた、格別ですこと。

日本橋通りの軒灯にはずらりと火が入り、振り返れば富士山が真っ赤な西空に、黒い影絵となって見えました。

大通りにはカラカラコロコロと家路を急ぐ下駄の音が響き合って、それはそれは姦《かしま》しく、懐かしかったこと……。

子どもの頃から、この音を聞いて育ったのですもの。

陽が落ちる頃には、涼を求める人影がまたぞろぞろと賑やかで、でも夜もふけるにつれ、一人減り二人減りして、やがてはすっかり静かになってしまうのです。

皆どこへ消えてしまうのかしらと、悩ましいではありませんか。

この町に生まれ育ちながら、下駄の音に聞き惚れて夕刻を過ごすなんて、この歳になって初めてのことでした。

一

昨夜来の雨で緑きらめく夏の午後、暖簾を割ってそっと顔を出した女がいる。

「あれ、お玉《たま》さん」

お玉は、廻船問屋遠州屋《えんしゅうや》の新顔の女中である。

もう二十一だというが、そのそばかすの浮いた赤い丸顔はどこか幼く、十五、六にしか見えない。

「どうしたの」

上がり框に座ったまま、お瑛は腑に落ちないように言った。

昨夜お瑛は、湯屋の帰りに雨に降られ、小走りに走って下駄の鼻緒を切らした。さらに、前のめりにのめって入浴道具をその場に散らし、足を軽くひねってしまった。

常備薬の湿布が効いて、腫れと痛みは引いたが、体重がかかるとズキリと痛む。今日は座ったきりの一日になると、覚悟を決めたところだった。

「今日はまた、お待ち合わせ？」

つい昨日、お玉はお内儀の波江《なみえ》に従って、来たばかりだった。

「いえ……お昼がすむ頃、迎えに上がるよう言われてますきに」

遠州言葉を響かせて、奥の方へ目を走らせる。

「あら、そうなの、それはご苦労さん」

「うちのお内儀さん、ここにお泊まりだら」

「え……？」

お瑛は聞き咎《とが》めた。

「遠州屋のお波様なら、お泊まりじゃないよ」

泊まるはずがない。

波江とは親しいが、あくまで客と女将の関係である。

波江は浜松の大店のお内儀で、たまに江戸に出て来た折りは、当然ながら京橋の屋敷に落ち着いて、他所《よそ》に泊まることなどない。

だがお玉は納得せず、丸い目を大きく瞠《みは》った。

「……どういうことじゃんね。私は、そう言われて迎えに上がったんずら」

これにはお瑛の方が驚いた。

江戸に出てくると必ず蜻蛉屋に顔を出し、みやげの浜名湖魚の佃煮や、遠州木綿の細工物を広げて、長時間話し込んでいくのは毎度のことである。だが泊まったことはないのだ。

何かの行き違いだろうと、まずはお玉をそばに座らせた。

「さあ、初めから事情を話してちょうだい。一体どうしたの」

「事情なんて、女将さん、そんなもんはないずら」

お玉は、愛想なく言った。

波江がこの女中を従えて藍染め展を見に現れたのは、昨日の午後遅くである。藍染めの浴衣と反物を買い、七つ半（五時）頃に店を出たのだ。

お玉が語ったところでは、この後、大通りに出て京橋の方向へ向かった。夕暮れの日本橋には帰路を急ぐ棒手振りや荷車が行き交い、どこかで豆腐を売る物売りの声がしていた。

少し歩いて波江は急に立ち止まり、振り返って言った。

「あたし、蜻蛉屋に戻るからね。たぶんお瑛さんと夕食をご一緒するので、おまえは先に帰って皆でお食べ」

「でも……」

お玉が首を傾げて渋ると、

「帰りは駕籠で帰るから、心配おしでない。積もる話もあるし、御酒を頂けば、泊まりになるかもしれない。もし今夜帰らなかったら、明日の午後に迎えに来ておくれ」

そう言われたという。

昨夕、波江が蜻蛉屋に泊まった事実はないが、言われてみればちょっとだけ戻って来たのは確かだった。

「ごめんなさい、お瑛さん。ちょっと行く所を思い出したから、着物を着替えさせてくれません」

そう言ってそれまで身につけていた高級な小紋を、新調したての藍染めの浴衣に着替えた。脱いだ着物を風呂敷に包み、後で取りに来るから少し預かって、と軽く片目をつぶってみせたのだ。

何か秘密があるんだわ、とお瑛は思った。

だから今、着物のことをお玉には言わなかった。

「そういうことならいずれ帰って見えるでしょうから、そこでお待ちなさい」

お瑛は言って、お玉を待たせた。

だが何組かのお客をこなし、はっと気がつくと、お玉はまだひっそり上がり框の隅に座り続けている。

「まあ、お玉さん、波江様のことはあたしが責任もつから、いったんお帰りな」

お瑛は言った。

波江がこの夏、暑い江戸に出て来たのは、実家の親戚の結婚式に出るためだったと聞いている。

夫の助次郎《すけじろう》は出席せず、遅れて船で江戸湾に入る予定になっていた。それが明後日だから、今日は京橋の屋敷に、留守を守る奉公人が数人しかいないという。

それをいいことに、羽根を伸ばしているのに違いない。お瑛はそう察し、秘密を暴くようなことはするまいと思った。

波江の不在をお玉に固く口止めし、奉公人には蜻蛉屋の藍染め展を手伝ってることにして、とりあえず帰した。

暮六つの鐘が鳴り始め、閉店の時刻になって、さてどうしたものかしらとお瑛は少しだけ腹が立った。

あたしを巻き込む気なら、昨日のうちに言ってくれればいいものを。迎えに来てほしいと言った以上、あらかじめ予定していたことだろう。

あのふっくらと美しい波江に、不満や悩みなどありそうにない。

厳しかった姑も亡くなり、今は大店のお内儀として誰はばかることなく、奥向きを収めている。夫には妾もいたが、それは定めのようなもので、夫婦仲は良く、三人の男児にも恵まれ、女として幸せの頂点を極めているのだ。

実父や弟は本所にいるが、すでに数日前の華燭の宴で顔を合わせ、その夜は皆で泊まりもしたようだから、いま再び会いに行っているとは考えられなかった。

「間違いなくコレですよ」

市兵衛が、親指を立ててみせる。

「でもそんなお相手の話、聞いたことないわ。いつもお姑様の話ばかりで、ころころ笑い転げていたじゃない」

「そりゃ、大っぴらには言いませんよ。しかし歌舞伎好きでしょう。ご贔屓《ひいき》筋に付け届けをしていなさったから、いよいよ役者買いですかね。あれは女冥利に尽きるっていいますよ、女に生まれたら一度はと……」

「思わないね、あたしは。お金で男を買ってどこが面白いの」

にべもないお瑛の言葉に、市兵衛はただ苦笑する。

「ましてお波さんは武士の娘。良妻賢母の見本のような人だもの。そんなこと想像もできないわ」

「しかし女将さん、四十にして、あれだけ若くお美しいのに、旦那があれじゃ、遠州屋で飼い殺しのようなもんでしょう」

子育ても一段落し、お内儀業も板につき、金に不自由もない。だが旦那の助次郎は、妾宅をあちこちに持つ評判の艶福家である。さぞや長い空閨《くうけい》をかこってきただろう、と言いたいのだ。

「ま、情人《おとこ》の一人二人いた方が、健康にいいと思いますよ」

「そうねえ、あたしがそんな立ち場だったら……」

お瑛は不幸だった自分の結婚に照らして考えてみる。夫の留守がちな家で、しんとして暮らす気分はいかがなものか、と。

「あたしは役者買いより、よほど不義密通がいいわね」

二

波江は旗本の娘である。

旗本といっても、父親の棚橋《たなはし》長左衛門《ちようざえもん》は小普請組五十石取りの小身で、本所に住んでいた。妻には先だたれ、娘と息子を一人前にするのに窮々としていた。

生活の足しにと波江は生け花を教え始め、縁あって遠州屋京橋店に毎月花を収めることになった。きびきび立ち働く武家の娘は、江戸屋敷に滞在していた大旦那の目に止まった。

ぜひ倅の嫁に……。

大旦那は、人を介して正式に長左衛門にそう申し入れて来た。棚橋家としても、武家といえどこれは願ってもない良縁である。

遠州屋は、遠州駿河一の規模を誇る廻船問屋で、本店は浜松にあり、江戸京橋の他に、大坂、博多にも支店を持っている。

そして遠州屋にはさらなる野望があった。

波江の美貌と生け花の腕前に惚れ込んだのは間違いないが、それ以上に、棚橋家の家系に目をつけた。

今は落ちぶれ旗本だが、祖先は家康の大御所時代の忠臣だった。

その家系は、遠州駿河に名を馳せる遠州屋にとって、箔《はく》づけになるのは間違いない。

店は長男に継がせ、切れ者の次男助次郎を棚橋家と養子縁組みさせて旗本株を買い、ゆくゆくは幕府に送り込む……。

二百五十年、幕府を支えて来た官僚の世襲制は、覇気のない無能な幕臣を生み続けている。慢性的な人材不足に悩む幕府は、御政道に広く意見を募って、有能な人材を求めていた。

まず旗本になり、優れた建白書をせっせと送りつけ、高官の目に止まって採用されれば、お役を頂くことが出来る。そこから御政道への道が開かれるはずだった。

そんな遠大な設計図を描き、実行に移そうとしていた矢先、遠州屋は思いがけない不幸に見舞われた。

頼みの長男が流行病《はやりやまい》で、若くして急逝《きゅうせい》してしまったのだ。

心痛のあまり、父親もまた倒れ、数ヶ月後に後を追うという事態になった。やむなく助次郎が浜松で遠州屋を継ぎ、養子縁組を取りやめて波江を嫁にもらった。

今は江戸と往復する忙しい日々を送っている。

波江は浜松で三人の男児を生んだ。

たまに江戸に帰っては来たが、京橋の屋敷に籠ってあまり外に出ることはなかった。着飾って出かける先といえば、贔屓の役者の出る歌舞伎と、日本橋の蜻蛉屋ぐらい……。

来店するたびに高価な反物をあつらえ、留守宅にみやげの小物をどっさり買い込んで帰るから、お瑛には大変な上得意である。

お瑛には気を許し、他では決して口にしない姑との確執を打ち明けたのは、お瑛もまた嫁ぎ先で姑に苦労し、出もどって来た過去があるからだった。

「ねえ、ちょっと聞いてよ……」

波江がそう言い出すときは、決まってお付きの女中に駄賃を与えて先に帰し、存分に胸の鬱屈を吐き出していく。

大抵は姑のことである。

駿府の、今川家の血を引く旧家から嫁入りした姑は、勝ち気で誇り高く、最期まで、江戸から来た嫁に譲るところが無かった。

この姑に言わせれば、江戸なんぞ〝あずまえびす〟の都に過ぎないのだ。

故郷の駿府は、その昔、今川様が京をお手本に街づくりしたという。

大御所《おおごしょ》様が若い時分に今川家の人質として十二年間過ごし、天正時代にはそこを拠点とし、晩年懐かしんで再び移り住んだ遠州駿河こそ、由緒正しい〝東の都〟ということになる。

気丈で、嫁には弱みを見せなかった。

高齢になっても、いつも着物に襟手拭いでしゃっきりしており、自ら台所に立って味つけをみて、濃いの薄いのと文句を言った。

ある時、廊下に転々と水が零《こぼ》れていることがあった。姑に見つかっては大変と、波江が雑巾で拭こうとすると、

「ああ、花を活けようとして、花瓶の水を零してしまったに」

と姑が笑いながら雑巾を奪い取り、自ら拭いた。

妙だなと思って見ていると、裏庭の目立たない所に、姑の腰巻きが干してあった。お漏らししたのである。

ある時は、玄関の土間に、姑の草履が片方しかない。

「波さん、これはどういうことじゃんね」

波江を呼びつけ、疳走って詰問した。

だが波江の目には、座敷から出て来た姑の足が見えている。

姑は片方の草履を履いたままだった。先ほど帰って来て、片方を脱ぎ忘れてそのま
ま座敷に上がってお茶を飲み、また出かけようとして、玄関に片方しかないことにカ
ッとなったのである。
「お姑様《かあ》、片方はおみ足に……」
そう言いかけると、はっと気がついたらしく、急に口に手を当てて身をくねらせて
笑いだした。
「ほっほっほ……。まあ、あたしとしたことがうっかりしたずら、ほほほ……」
それでお終いだったという。
その姑も今はこの世におらず、遠州屋の奥向きは、いよいよ波江の天下だった。

三

「……旦那様の船が明日には着きますにィ」

翌朝早くやって来たお玉が、責めるような口調で言った。

「今日中にどうにかせんと困るだら」

「…………」

お瑛は呼吸を呑み込んで、お玉を睨んだ。

何という根性悪《わる》だろう。

何故あたしが〝どうにかせんと〟いけないの、と口まで出かかった。あたしは何も関係ないのに、まるで蜻蛉屋が画策して、お内儀さんの男狂いを手助けしているかのごとき口ぶりじゃないか。

「そう言われてもねえ。どこか心当たりを当たってみたら」

お瑛は座ったまま、少し意地悪に言う。

するとお玉は勢いづいて、その幼い童顔からは想像もできないような激しさで言った。

「心当たりなんてあるわけないだら。女将さん、私、江戸は初めてじゃけん、右も左も知らんずら」

言われてみればそのとおりだった。

長いこと奉公していた波江付きの女中は、この春に辞めた。お玉はその後釜で、江戸はこれが初めてである。

「でも遠州屋さんのことはあたしも知らないのよ」

知ったことじゃない、というのがお瑛の言い分だ。

波江に何か秘密があるなら、へたに騒ぎたてて、暴くような野暮《やぼ》は控えたいという気もある。つまり放っておくしかない。

「ま、騒がなくても、夕方までにはちゃんと帰って来なさるでしょ」

そうなだめて、不服そうなお玉を帰した。

だがよく考えてみると、大店のお内儀が、行く先も告げずに二晩も家を空けることがあるだろうか、と不安になった。それも昨日の昼には戻る予定が、さらに一日たっている。

「なに、別れを惜しんでいるんですよ。まともに考えるだけ馬鹿らしい」

と、これは実務家の市兵衛の考えだ。

だがもし本人が予想しなかったような、不測の事態が起こっていたならどうしようか。

例えば、何かの事件に巻き込まれたとしたら……？

計画ずみの家出だとしたら……？

気を揉んだ女中に二度も相談されながら、楽観して無策のままにやり過ごし、大事を招いたとしたら。なぜ適切な手を打たなかったか、と遠州屋に後々までも恨まれるだろう。

あれこれ考えると、だんだん怖くなってくる。

お瑛はいよいよ考え込んだ。

遠州屋がらみで親しい知り合いはいないのだが、前任の女中なら、何度も会ってい

る。三十代半ばのちゃきちゃきした江戸女で、名をお嶋《しま》といい、今は江戸に戻って縁

づいていると聞く。

そうそう、あのお嶋に訊いてみようか。

上野の煎餅屋の後妻にお世話した……といつか波江がその煎餅をみやげに持って来

たことがあったっけ。

あれはなんて店だったかしら。

少し考えてから、茶の間の茶簞笥の引き出しを調べてみた。始末のいいお豊は、ど

んな包装紙も捨てず折り畳んでそこにしまうよう、奉公人を厳しくしつけていた。

『なずな屋』という煎餅屋の包装紙は、ちゃんとそこにあり、上野の仲町にあること

が分かった。

お瑛はまたしばし考えたあげく、波江が二晩断りもなく家を空けたことを、婉曲《えんきょく》

に手紙にしたためた。文七に駄賃を与え、向こうの返事を貰ってくるよう言い含めて、

上野まで届けさせた。

「蜻蛉屋の女将さん、ご無沙汰しておりますゥ」

昼近くなって、そんなよく通るきんきん声が蜻蛉屋に響き渡った。お嶋の声だと、すぐに分かった。

「まあ、お嶋さん。お忙しいところ、わざわざおいで頂かなくても……」

お瑛は驚いて言った。

使いの文七はまだ帰っていないのに、本人が来てしまった。

手紙を読んですぐに駕籠を走らせて来たらしく、お嶋は襟手拭いに前掛けをしたままだった。

「うちの文七は、どこで道草食ってるのかしら」

「いえいえ、返事はあたしがするから、ゆっくりお帰りって、駄賃を渡しましたの」

「それはまあ有り難いこと。ああ、あたしは座ったままで失礼します。ちょっと足を痛めてちゃってね」

「まあ、じゃやっぱり伺って良かった。ええ、少々話したいことがございましてね。お会いした方が早いと思ったんで……」

色白の顔は以前より少し痩せて尖った感じがし、どこかぎすぎすしているのは、煎餅屋の切り盛りが大変なのだろう。

「もしかしたらお内儀さん、家出なさったんじゃないですか」

奥座敷に通して向かい合うと、お嶋がやおら言い出した。

「えっ、家出って言った？」

お瑛は仰天した。

「いきなり脅かさないでよ。どういうこと？」

「いえ、もしかしたら……の話ですけれど。お内儀さんは、とてもご不幸でいなさるんですよ」

「不幸ですって？　お人違いじゃないの。あの遠州屋の、あのふっくらしたお内儀さんのお話ですよ」

「ええ、どこからどこまで間違いありません」

言ったとたん、白い頬に朱がさした。若い時分はさぞ美人だったと思える、形のいい瓜実顔《うりざねがお》だった。

「あの遠州屋って、見かけによらず、とても複雑なんですよ」

「でも、きつい姑様が亡くなって、ようやく奥を一人で切り盛りできるようになったのでしょう、ご夫婦仲もいいし」

「ええ、表向きはね。それに……あの旦那様はそれは仕事の出来る御方です」

顔を赤らめて、ためらうように言い出した。

「ただ、店の女中でお手つきでない者はおりませんよ。実は……こんな私みたいオカメにさえお手がつきそうになって、辞めさせて頂いたのです。それに奥向きのことは昔からずっとお母様任せでね、ええ、すべてお母様の言いなりのようでした。亡くなられてからも、何だか生きておられるみたいでしたよ」

「……というと？」

「いま十九になる若旦那様は、お内儀さんのお子ではありません。旦那様の亡くなれたお兄様のお子です。あのお姑様が、それは可愛がりなすった初孫ですよ」

跡目はこの長男の子に継がせるのが筋……と強く主張した。だが当時は未だ幼くて、元服もすんでいなかった。

そこで当面は助次郎が継ぎ、いずれ甥に譲るということになった。だが助次郎にも男の子が出来れば、口約束では心もとない。

そこで自分の目の黒いうちに、と助次郎が結婚して一年あまりで、その長男として強引に入籍させたという。

「三人のお子のうち、波江様が腹を痛めなすったのは、ご三男だけです。何しろお妾さん方がまた、皆しっかり者でしてね。ここだけの話、波江様が嫁がれた時には、もうお子様が何人かおいででしたのよ」

第一のお妾は、もともとお姑様付きの女中で、気に入られていたから奥向きには強かった。その子もまた可愛い孫だから、姑の一存で、助次郎夫婦の次男として入籍させたのだという。

「へえ」

「実子はご三男だけですけど、由緒ある棚橋家の血を引いておいででしょう。いずれは棚橋家に入れ、旗本の道を進ませるんだそうですよ。つまり、お内儀さんにれっきとしたお子様がいながら、お店の経営には与《あずか》らないのです」

「まあ」

胆が潰れそうだった。

「でも皮肉なことに、このご三男が最も賢くてね。ご親族や古い番頭さんの間では、もう跡目をめぐって内輪揉めでした。他にもお妾さんが何人もいるし、お子さんもいなさる。お内儀さんは、もうどうでもいいから江戸に帰りたいって……」

だがもう帰る家などなかった。本所の実家には弟夫婦がいて、子どもも三人いて、老父の面倒をみている。

それでも、死ぬなら江戸で……と口癖のように言っていたという。

「そんなわけでしたから、お手紙を読ましして頂いて、死に場所を探しておいででは……と心騒いだのです」

驚きで、お瑛はすぐには言葉もなかった。

「……よく話してくれました。じゃお内儀さんは、密通とか浮気とかでなく、家出なさったんだと」

「ええ、ええ、不義密通なんて、そんなお方ではございません」

お嶋は首を小刻みに頷かせた。

「お生まれが旗本ですから、操《みさお》には誇り高く、好きな役者さんでもそばには寄せつけませんでしたよ。たぶん家を出なすったんだと、あたしは思います」

「お嶋さん、心当たりを教えてちょうだい」

お瑛は詰め寄った。

「どなたか話を聞けそうなお友達はいないの？　死ぬとしたらまずはどこへ行きそうか……」

誠蔵や新吉のような、あんな心許せる幼馴染みはいなかったのか。

「そうですねえ」

お嶋は手拭いで額の汗を拭きながら、しばし思い迷って、考え込んでいるふうだった。

「あの、女将さん、内藤新宿《ないとうしんじゅく》の『菊屋』ってご存知ですか」

「いえ……」

「少し遠うございますが、あそこのお内儀様が、生け花を通した古いお友達ですよ。ええ、今だから言ってしまいます。此処だけのお話ですが……」

とお嶋は、辺りを気遣うようにぐっと声をひそめた。

「実は、お内儀さんには、遠州屋さんに嫁ぐ前に、言い交わしていた御方がいらしたのですよ、ええ、同じお旗本で……。でも、ほら、今どき無役のお旗本なんて、流行《はや》りませんでしょ。お内儀さんのご実家もそうでしたから。それで、この縁談が舞い込んだ時……その御方を袖になすって、遠州屋さんを選んだと聞いています」

「まあ」

「そこらのことを、菊屋のお内儀様ならご存知じゃないかしら」

四

その夕刻のこと。

京橋から楓川《もみじがわ》を漕ぎ上がってきた伝馬船が、日本橋の桟橋に横付けになり、恰幅のいい男が降り立った。

その後から小太りの下女が続き、案内するように先に立つ。

橋上でそのさまを偶然見ていたのが、蜻蛉屋のお民だった。

魚河岸で、言いつかった夕食のお菜を調達し、ぶらぶらと橋のあたりまで出て、何げなく川景を眺めていたのである。

（あの人は……）

そう気付くと、お民はすぐに踵《きびす》を返して、蜻蛉屋に駆け戻った。

幸いお客は帰ったばかりで、お瑛は上がり框に続く表座敷で、手紙をしたためていた。

「女将さん、大変ですよ」

カタカタと下駄の音も高く駆け込んだお民は、叫ぶように言った。

「遠州屋の旦那様が……こちらへ向かっておいでです」

「遠州屋さんが？」

お瑛は、顔も上げず言った。

「まさかこんな時刻に……。第一、おまえがどうして、遠州屋の旦那様を知ってるの。あたしだって、一度もお目にかかったことはないのに」

「いえ、あれは遠州屋の旦那さんに間違いないです、どっしりしなさってご立派で……。ええ、そこまで乗って来なさった舟に、あのお玉さんも一緒でしたから」

「なんだって、お玉さんが？」

お瑛は顔色を変え、急に腹痛に見舞われたような表情になった。

「早くそれをお言い」

助次郎の帰りが早まったのに違いない。

慌てて広げていた巻紙や硯《すずり》を片づけて、鬢《びん》の乱れを手でかき上げていると、暖簾をかきわけてお玉が上気した顔を出した。

いつも赤い頬をした小面《こづら》憎い丸顔も、旦那を先導してきた興奮からか、どこか色っぽい。

「女将さん、旦那様が一日早く着きなさったですきにィ」

勝ち誇ったように言う。

「蜻蛉屋さんに挨拶したいと言いなさるけん、ほれ、このとおりご案内申したずら」

その背後からヌッと入ってきた男は、四十代後半に見えるがっしりした偉丈夫だった。

艶福家らしく肉づきのいい顔は、日焼けしててらてら光り、白っぽい小千谷縮《おぢやちぢみ》が涼しげに映える。渋い茶柄の博多献上の角帯に、蒔絵《まきえ》の煙管筒《きせる》と煙草入れを根付けで留めている。

お瑛を見ると、その恰幅のいい体躯を二つに折って、慇懃《いんぎん》に頭を下げた。

「遠州屋の主です。突然押しかけて無粋なことですが、近くについでがあったんで、ちょっとご挨拶させて頂こうと」

「まあ、とんでもございません。わざわざご丁寧なお運び、いたみいります」

お瑛は座敷に両手をついて、額をつけた。

旦那が、じきじきに乗り込んで来るとはよくよくのこと、どうしようと胆が冷えた。

「あいにく足を痛めておりまして、高い所から失礼申します。さあ、どうぞお掛けになって下さいまし。お民、冷たいお茶を……」

「ああ、どうかお構いなく」

遠州屋は満面に笑みを湛えて、愛想よく言う。

「なに、波江がこちらにお世話になっておると聞いたんで、顔見せかたがた寄らせてもらっただけで」

「いえ、ゆっくりなさって下さいまし。外は暑うございますから」

言いながらお瑛は、チラとお玉を見た。

お玉はその丸顔を真っ赤に上気させて、睨み返してくる。

その険悪な光を放つ丸い目を見て、ははあ、と見当がついた。予想外に早く帰った主人に問いつめられ、すべて蜻蛉屋のせいにして、あることないことを述べたてたのに違いない。

お内儀さんは二晩も外泊しなさったずら……。

蜻蛉屋の女将さんがグルですきに。そう言ったに違いない。

「ああ、舟を待たしているから、おまえはあれで先にお帰り」

お瑛の強い視線を感じてか、助次郎はさりげなく言った。

「夕飯は済ませて帰る」

「はい、ではお言葉に甘えてお先様に……」

お玉は気を引くような可愛い返事をし、お瑛にはふてたような表情で会釈して、出て行った。目でそれを見送って、助次郎は煙草盆を引き寄せた。

「いや、江戸は食い物が旨いですな。たまに出て来ると、ついあれこれと欲張ってしまい……」

お瑛は頭がカッカと火照《ほて》って、耳に入らなかった。

この急場を、何と言ってしのげばいいのだろう。

おそらくあの性悪のお玉は、波江が蜻蛉屋を隠れ蓑にして、遊び回っているように言っただろう。

助次郎は妻の〝密通〟を疑い、お瑛が〝遣《や》りて婆〟よろしく手引きしている……そう思い込んでいるのは間違いない。

江戸に着いてすぐ自ら乗り込んで来たのは、現場を押さえ、それを懲《こ》らしめるためなのだ。

「せっかくでございますけど、あいにく波江様はちょっと出ておられます。でもじきお帰りになりましょう」

お瑛はあれこれ思い巡らせ、見当をつけて言った。

波江は、亭主が江戸入りする日を知らぬわけはない。船は予定より早まることもあると心得ているから、もう帰るはずだ。もっとも帰る気があればの話だが。

お瑛はそれに賭けた。

「ほう、出かけていると。この暑いのにどこへ行きましたかな」

「ああ、申し訳ございません」

助次郎は煙管に莨《たばこ》を詰めながら、ジロリとお瑛を見た。

詫びを聞きに来たんじゃござんせんよ、とばかりその太い眉と眉の間あたりに夜叉《やしゃ》が走ったようだった。

「実は……」

歌舞伎、と口に出かかったが、いけないと思い止まる。

歌舞伎見物なら前夜から出かけ、当日も芝居がはねた後に茶屋で酒を過ごせば、泊まることもあるだろう。

だが歌舞伎見物に、大店のお内儀一人で出かけることなどまずあり得ない。桟敷席《さじき》は目立つから、必ずお供を何人か引き連れて、華やかに繰り出すものなのだ。

「実を申しますと、あたしの代理でちょっと遠方まで行って頂きましたの。このとおり足を挫いてしまって、身動きが取れないでいたところ、ご親切なお申し出を頂きましたもので。あたしとしたことが、つい甘えてしまいました」

「ほう、どんな……」

相手はふうっと煙を吐き出して、皮肉な口調で問う。

「はい、あの、螢……ええ、螢狩りでございます」

声が震えそうになったが、顔だけにこやかに言った。

「螢狩り？」

眉間にぎゅっと皺《しわ》が寄り、疑わしげに訊き返す。

「家内《あれ》がどうして」

お瑛は、つい最近行き損なった螢狩りが、頭の中でもやもやと動きだしている。これを使えば、何とか乗り切れるか。頭の中にバラバラに浮遊する思いつきの破片を、必死でかき集めた。

「はい、御覧のとおり、この夏、うちは藍染め展をやっておりましてね。おかげさまで、よく売れました。ご注文の反物を浴衣に仕上げてお届けするのですが、そのお届けかたがた、お客様から、浴衣を着ての螢狩りに招かれましたの」

「ほう」

「そこの寮（別荘）に相方三人で、一晩泊まりの御馳走つき……という結構なお呼ばれでした。でもあいにく足を痛めておりまして、行けないのが残念……という話をしたら、急にご自分が行きたいと言いなすって」

「ほうほう、あの無風流が……」

お瑛の嘘を楽しむように、相づちを打つ。

「いえね、浜松にも螢はおりますわ。ですがたまに誘っても、家内はついぞ行ったことがない、螢は嫌いなのか、いや、風流心がないのか、と諦めておったのです。ははは、螢が嫌いなのではなく、相手によりけりってことですかな」

「いえ、あたしが強くお勧めしたせいでございます」

「しかし江戸では近年、螢が少なくなったそうじゃありませんか」

「はい、でも谷中螢沢の螢は今も有名ですよ」

「ああ、谷中宗林寺……」

「ええ、大御所様が駿河から移された名刹《めいさつ》ですから、畏れ多くて、みな螢狩りを控えるのかもしれません」

「ほうほう、で、その谷中へ？」

「いえ、こちらは落合でございます。お誘い下さった方が、内藤新宿の方ですから、近うございましょう」

「ははあ。して……ちなみにその方は、内藤新宿のどなた様で？」

「『菊屋』という造り酒屋でございます。その名を申したら、そこのお内儀様をよく知っていなさると、ずいぶん懐かしがられましてね……」

「あ、菊屋ですか」

助次郎が初めて頷いた。

まずは一本か、とお瑛は思った。

菊屋のお内儀が波江の生け花友達だったと、つい先ほどお嶋に聞いたばかりである。実際には蜻蛉屋のお客ではないし、何の面識もなかった。

頭の中にふわふわ浮遊していたところを、足の捻挫《ねんざ》、螢狩り、落合……の連想の輪につながった。

「御主人様が来られるまで、あと一日自由があるけれど、でも前夜もここに泊まって語り明かしたばかりで、また蛍狩りでは、奉公人の手前具合が悪い……。そう遠慮なさるので、滅多にない機会だからと、あたしがついお勧めしたのです」

「なるほど」

「菊屋さんへ義理を欠くより、旧友の波江さんに行って頂いた方がいい、と思いましてね。このとおり、ほら、今も菊屋さんに、お詫びと礼状を書き出しているところでございました」

お瑛は、巻き手紙の〝菊屋様〟という書き出しを見せた。

助次郎はチラと見て、黙って煙草を吸っている。

「いずれにしても、もうお帰りになる頃ですから……」

そう言いかけた時、カラカラと下駄の音がして、パッと暖簾が割れた。

四

「まあ、旦那様……」

店に一歩入るや、波江は絶句して立ち竦んでしまった。そこに助次郎の姿を見たからだった。

「いや、予定より早く着いたんでね」

助次郎はじろじろ妻を見回し、少しふてぶてしい口調で言った。

「それは……海路ご無事でようございました」

「久しぶりに八百善《やおぜん》あたりで飯を誘おうと思ったんだが、なにかね、珍しく螢狩りとやらに出かけたとか」

「ああ、もうお聞き及びでしたか、申し訳ございません」

いかにも螢狩りらしい藍染めの浴衣を見せつけるようにして、波江はうやうやしく頭を下げた。

「私としたことが、鬼の居ぬ間にと、つい遊びが過ぎました」

「いえいえ、あたしが勧めたこと」

「いえいえ、お瑛さん、このたびは勝手を申して、ずいぶんご迷惑かけました」

波江は軽い笑いを含んで、みやげの螢籠を差し出した。

「菊屋さんが蜻蛉屋さんによろしくと、これを……」

それは実は、また別の事情で手に入ったものである。

今朝がた、若松屋の誠蔵が、丁稚に持たせて届けてくれたものだった。誠蔵とは軽い仲違いをしていたから、ご機嫌伺いのつもりだったろう。昨夜、螢が飛ぶという噂の河原に出かけて、螢狩りをしたという。

「ふん、誰と行ったんだか」

と皆の前では毒づきながらもお瑛は内心嬉しかった。霧吹きをかけて、薄暗い葉陰に置いて、今夜にも庭に放して楽しむつもりでいた。

そのおかげで、一計を案じることが出来た。お民にこっそり持たせ、路地の入り口で波江を待たせたのである。遠州屋が店に来ていることも、その時にすでに知らせておいたのだ。

「まあ、螢なんて、今年は初めてですわ」

お瑛は会心の笑みを浮かべて言った。

「でもうちには勿体《もったい》のうございますから、どうぞ遠州屋さんのお庭に放して下さいましな」

「いや、ぜひ蜻蛉屋さんの庭で楽しんで下さいよ」

煙管をポンポンと叩いて助次郎が言い、立ち上がった。

機嫌の治ったその顔を見て、決め一本……とお瑛は思う。

さすがに螢まで見せられては、助次郎も信用せざるを得なくなったのだろう。

「ところでお瑛さん、一緒にいかがですかな。浅草山谷《さんや》の八百善に、座敷をとってあるんですよ」

「まあ、八百善ですか。それは嬉しいお誘い……」

お瑛は言って頭を下げた。

「でもこのとおり、足がまだよく動きませんし、夜は町内の寄合がございます。今夜はお二人、水入らずがようございましょう」

笑って言うと、遠州屋夫婦は口々に礼を言った。

二人が連れ立って出て行くと、帳場で一部始終を見ていた市兵衛が、呆れたように言った。

「女将さん。よくああもツルツルと、女衒《ぜげん》そこのけに嘘が出てくるもんですね。遠州屋はすっかり信じたようでしたよ」

「さあ、それはどうだか」

お瑛は苦笑して言った。

「ここは騙されておこうと思いなすったんじゃないの、ふふふ……。さすがに大店の旦那、そのくらいの御腹の持ち主のようね」

「しかし、あの二人、これからが大変じゃないですか」

「入って来られた時の、旦那様のあの疑い深そうな目つきときたら！　でも、お互いあまり深く問い詰めないご夫婦のようだし、旦那様がどこまで信じたかはわからないけど……」

お瑛は言って首を傾げた。

「螢まで持ち出されたんじゃ、追及しようがないものね。あの旦那様、ぎりぎりまで疑ってたようだけど螢で信じたみたい」

「あれが最後のダメ押しになったと？」

「ふふふ。女房の浮気を疑って乗り込んでくるくらいだから、まだ未練はあるのよ。

潔白を信じたかったんじゃない。なんだかあのお二人、これからうまくいくような気がするよ」

籠を覗くと、中でかさかさと音がした。

「それにしてもあのお内儀さん、見かけによらず大胆だな。二晩もどこで過ごしたんですかねえ」

「さあ。訊かぬが花でしょ……」

お瑛はクスクス笑って首を傾げた。

実は、ひとつだけ気になっていることがあった。波江の藍染めの浴衣が、蜻蛉屋で売ったものとは違っていたことである。

やはり、男の問題ではあるのだろう。

市兵衛が言うように、見かけよりずっと大胆で、思い切ったことをする人なのは確かだと思った。

それきりしばらく波江から、音沙汰がなかった。

だが秋風がたつころ、浜松から美しい遠州綿紬と佃煮に添えて、長文の手紙が届いたのである。

五

……私は江戸のこの美しい夕景に、魅入られたのでした。

家路を急ぐ雑踏の中へと彷徨《さまよ》い出て、ふらふらとまるで魔に憑《つ》かれたように歩きだしたのです。

そこで死にたいと思うほど懐かしい場所って、お瑛さんにとってはどこでしょうか？

私にとっては、それは子どもの頃、何年か住んだことのある猿楽町《さるがくちょう》界隈なのです。

猿楽町は石段や坂の多い、起伏に富んだ町でした。

ここ数年、江戸に出て来るたび、私は秘かに一人でこの界隈を歩くようになっておりました。むしょうに懐かしく、ひとりでにそこへ足が向いてしまうのです。

あの夜も、定宿にしている女坂のそばの宿に身の回り品を置き、猿楽町から神田川界隈をほっつき歩きました。

そしてこの夜は、まさに魔に魅入られたように、ふらふら……と夜の神田川の土手に立ったのでした。ええ、何者かに導かれたとしか言い様がありません。

「何だい、てめェ、あたいのショバ取る気かい」

すぐにそんな突き刺さるような声が飛んで来た。当然でしょう。土手には女たちがそこここに、闇を纏うようにして立っていたのですから。

「新米かい、おまえさん、悪いこと言わないからお止しよ」

という年配のお女郎もいました。私は、さまざまに罵声を投げかけてくる女たちに、ただ頭を下げ続けました。

「気色《きしょく》悪う、こいつ、ヘンだよ、しっ、あっちへお行き……」

蹴り飛ばしてここから叩き出してやろう、と近寄って来た若い女に、金を差し出し、やっと茣座《ござ》と場所をわけてもらったのです。

なぜそんなことをしたかったのか、われながらまったく分かりません。ただ熱に浮かされたようにぼうっとし、それが自分にふさわしいと信じ込んだのでした。

ただこの土手には忘れられぬ思い出があります。

私がまだ少女の頃でしたが、この土手で、若いお侍が短刀で一突きされて殺された事件があったのです。

下手人は土手で客を引く夜鷹《よたか》でした。お奉行所のご吟味によって、この女郎がどその身分ある武家の奥方だと分かって、それはもう大変な評判になり、瓦版《かわらばん》にも書きたてられました。

お白州で理由を問われ、〝私を知る人だったから〟と答えたと。

その夜の客が不運にも知り合いのお侍だったため、自分の浅ましい姿を見られて、逆上したということでしょう。

深い事情は知りませんが、その話はなぜか、まだ七つかそこらの私の胸に沁み入り、記憶に刻まれました。

そしてその七つの年、私の一家はこの町を出たのです。

父のお城づとめに何か不都合があったのでしょう。その年の暮、猿楽町の門構えの家から、本所の長屋の一画に、慌ただしく引っ越したのでした。

それから間もなく母様が風邪をこじらして、亡くなりました。下女さえ置けぬ貧しさで、家事に朝から晩まで追われたからです。

実はこの猿楽町が思い出深いのは、秘かに思いを寄せていた御方の家があったからです。同じ貧乏旗本の家で、親同士が親しく、その長男は剣術がお強いと評判でした。

まだ幼かった弟に剣術を教えてくれ、お転婆の私も一緒に真似事をしたりして、まだ元気だった母を嘆かせたものです。

引っ越しで疎遠になってしまったこの方を、忘れられないでいましたら、しばらくして再会する機会があり……、というより向こう様が弟に会う口実で訪ねて来て下さったのです。

寡黙で、清貧に甘んじた好ましいお人柄で、それは少しも変わっておりませんでした。それから弟を交えてたまに会うようになり、いつからか私は、この方のお嫁さんになるのだと、決めていたのです。

「いつか猿楽町にお供してもいいですか」

そんな意味深な私の冗談に、

「あんな家に来てくれるのはお波ちゃんくらいだろう」

と頷いて下さったことがあり、熱くなったものでした。

そんな或る日、突然、父から言われたのです。

「おまえは遠州屋に嫁ぐことになった」

私は呆然としました。遠州屋から縁談が持ち込まれたらしいことは、うすうす知っていました。ですが父は古風で、棚橋家に誇りを持っていたから、町家への嫁入りなど、まとまるはずはない思っていたのです。まして数え十七の娘には、縁談など他人事《ひとごと》でした。

「異存はないな」

念を押されて、はい……と私は頷いていたのです。

頷いたとたん、ああこれで貧乏な暮らしから抜け出せる、と思ったのを忘れません。売れ残りの豆腐を少し値引いて売ってもらったり、死体が着ていたような洗い晒しの古着ばかり着るのはもういや。そう思い、豊かな暮らしに憧れていた自分がいたのです。

私は何も言わずにその御方から遠ざかり、ある吉日、駕籠に乗って遠州屋に嫁いで参りました。

それからは、一度もあの方に会っておりません。

一度だけ弟に手紙を託したようですが、受け取りませんでした。

そんな私が、なぜ激しくそのことを後悔し、自分を責めるようになったか。あまりに愚かしいので、とりたてて申しますまい。

ただ浜松という見知らぬ土地で、見知らぬ人々に囲まれて年を重ねるにつれ、〝自分は取り返しのつかぬことをした〟という思いに悩まされるようになりました。

あの時、私には心に決めた相手がいる、となぜ抗《あらが》わなかったのか。自分の運命はまだ、完全には閉じられていなかったのに。

もちろん結婚は父が決めることでした。

とはいえ、豊かな豪商への嫁入りに、喜々として従った自分の浅ましい心根が許せなかったのです。

土手で客を引いていた奥方の気持ちを、我が身にたぐり寄せるようになりました。その奥方の奇行は、ただ欲望に突き動かされてとは思えませんでした。私はこう想像します。汚れた自分への懲罰だったのではないかしら、と。

「遊んでいかない」

と引っかけた相手が、偶然、自分が無惨に振った相手だったとしたら……？　そんな空想に悩みもしました。そうであったら、相手に自分を斬ってもらいたい、とも思ったりして。

土手でそんな言葉を口にする自分など、想像も出来ませんが、生きる道がどこにもないと感じた時、まるで運命を受け入れるように、私はその言葉を口にしていたのです。

いいえ、実際にはどうしても上手く言えず、ただぼうっと突っ立っているため、はた目にも異常に見えたのでしょう。狂女か、疫病で頭をやられているかと気味悪がられ、逃げられてばかり……。

でも二日めの晩も、土手に立ったのですよ。

私の藍染めの浴衣が別の浴衣に変わったことを、目敏《ざと》いお瑛さんなら、とうに気づいておいででしょう。

ええ、実は、土手を転がり落ちたのです。やっと商談がまとまった貧しげなお侍と、初めて抱き合った時にね。

自分はその気でいても身体が逃げ、焦《じ》れたお客は強引に迫ってきて摑み合いのようになり……、とうとうごろごろと抱き合ったまま下まで転がり落ちたのです。

浴衣はどろどろになって裂け、髪もぐしゃぐしゃ……唾と涙で、顔もべとべとでした。相手は忌々《いまいま》しげに、私に唾を吐いて去りました。

私は倒れるように宿に帰って、湯を浴び不浄を流しました。朝になって宿の女中に頼み込み、新しい浴衣を買って来てもらった……。

ええ、あの浴衣に顔を埋めて泣けるだけ泣きましたよ。

そのうち、みじめさの底の底で、何か吹っ切れたように感じたのです。自分は夜鷹にもなれず、唾を吐かれ、落ちる所まで落ちたのだと。

これを続けていては、いつか遠州屋も棚橋家も巻き込むだろう……。

そんな分別が遅まきながら戻って来て、しんしんと怖くなりました。あの奥方の御家は、おそらくとり潰しになったでしょう。一族を巻き込んで、奥方の気は晴れたでしょうか。

自分はやはり遠州屋に戻った方がいい。

まだ離縁という道があるし、出家という救いもある。

そんなふうに思えてきたのです。

生け花を教えて一人で生きていくのは困難だろうけど、それに賭けてみてはどうかしら、と初めて思ったことでした。

こんな私を、お瑛さんはさぞや愚かに思われるでしょう。

ただわが旦那様は、何を感じたものかあれから急に優しくなり、前ほど露骨に家を空けることがなくなりました。例の螢狩りのこともあれきり何も問いません。まるで何事もなかったかのようなのです。

お瑛さんの迫真の芝居に騙されたのやら、得意のおとぼけなのやら、そのあたりはよく分からぬ謎のままです。

実は私も、何だか夢を見ていたようです。

夢の中で螢狩りに行って来たような……河原に螢が飛んでいて、螢を追ってずっと遠くまで行って来たような……そんな気がしてならないのです。

次にお会いする時は、私、どうなっているでしょう。

もしかしたらあのおとぼけ亭主に懐柔されて、このまま居残りそうな気がしないでもありません。

そうであったらそれも私の人生でしょう。

また新たな気持ちで、美しい江戸を見たいと思っております。その時はどうぞよしなに、お付き合い下さいませね。

ご機嫌よろしゅう。

波、参る

第三話　車輪の下

一

表戸を叩く音がしたようだが、茂兵衛は裏の作業場で、ぼんやり煙草を吸い続けている。

夜どおし吹き荒れた嵐が、しつこい残暑の名残《なご》りを運び去ってくれた。隣家の瓦屋根の向こうに、洗われたような空が広がっている。

いつの間に実ったかな、と作業場の前の柿の木を見て思う。

渋い西条柿だが、渋抜きすると濃厚に甘くなる。倅の常次の好物で、毎年たちまち実は摘み穫られたものだ。

だが今年は小鳥の餌だ、と思いつつフウッーと煙を吐き出す。

面長なしかめ面が、わずかに満足げにゆるむ。あまり顔色は良くないが、図体はでかく、六十半ばを過ぎたにしては頑丈だった。

その身体は毎日一升酒を吸い込んできたが、中風にあたってからは、さすがに酒は遠ざけている。

トントンと煙管を煙草盆に打ち付けた時、その音を聞きつけたように、また表戸を叩く音がした。

「ご免下さいよ……もし、金茂の旦那、いなさるんだろう？」

茂兵衛は無視して、壁に掛けた幾つもの大小の車輪を眺めた。

もちろん営業用ではない。

茂兵衛は子どもの頃から車輪が好きだった。こうして眺めていると、車輪の回る音が聞こえるようだ。

火事の焼け跡などに転がっていたりすると、人目を掠《かす》めて拾って来る。嵐の後に岸に打ち上げられることもあり、長くそのようにして収拾するうち、ずいぶん溜まった。器用だったから、自分で作ったものもある。

「おーい、旦那……」

しつこい声に、茂兵衛は舌打ちして立ち上がる。

不自由な足を引きずって裏庭を横切り、薄暗い土間を抜け、真っ暗な店に一歩だけ入った。戸を閉め切っているため、空気がこもっている。

「今日は休みだよ、すまないが明日にしてもらえないかね」

「話があるんでさ、ちょっと開けてくれませんか」

「どなたさんで……」

「巳之吉《みのきち》と申します」

巳之吉……。

茂兵衛は首を傾げた。心当たりはない。

「……じゃ勝手口に回ってくれるかね」

勝手口は横の路地を入るとすぐだ。

その土間に立っていたのは、三十半ばに見える、尖った三角顎の色白な優男《やさおとこ》だった。ただしその細い目には鋭い光が籠っており、眉間には細い嫌な皺が刻まれている。

「旦那、お初《はつ》にお目にかかりやす」

そう言って頭を下げる姿を、茂兵衛は痺れている足をさすりながら黙って見下ろした。

「このたびはご愁傷さんなことで」

「おまえさん、誰だ」

茂兵衛はぶっきらぼうに言った。

「ですから巳之吉と申し……」

「何の用だ」

「お糸さんのことでさ」

茂兵衛はハッと緊張し、身構えた。


お糸は倅の女房だが、赤子を残して失踪したきり半年以上たつ。残されたのは、まだハイハイしか出来ぬ乳飲み児だった。太一《たいち》というその子の面倒を熱心に見ていた父親の常次は、五ヶ月前に不慮の事故で逝《い》った。

今は長屋のかみさん連が交代で朝から連れ出し、夕方まで自宅や井戸端で遊ばせてくれている。太一を返しに来る時は、茂兵衛の夕餉の総菜を持って来た。ろくに近所付き合いもしない偏屈者でも、六十半ばで一歳そこそこの孫と取り残されれば、この町の人は放っておかないらしい。


大いに有り難いが、少し迷惑でもあった。

だが最近とみにやる気が衰え、すぐ疲れて、こうして休む日も多くなった。働き者の下女を雇いたいと思わぬでもないが、それも面倒である。

こうして仕事を休むと、家は空き家のように静まり返り、まるで海に囲まれた孤島にいるような気分になる。

かつては妻と四人の子がいたのである。

その妻が病死した後、二人の娘も相次いで流行病《はやりやまい》で亡くなった。

女手が必要になったため、下女を飯炊きに雇ったが、その女が長男の子を孕《はら》んでしまった。長男にはすでに許嫁がいたから、茂兵衛は激怒し、相応の金を与えて叩き出した。

ところが女は思いの外《ほか》したたかで、長男と謀り、家の有り金を持ち出して、二人で出て行ったのだ。そう遠からぬ所に住んでいるらしいが、全くの絶縁状態で、行き来はない。

一人残った次男の常次に、すべてを賭けた。

この息子も嫁をもらったが、そのお糸という女を、茂兵衛はどうにも好きになれなかった。あんたの嫁じゃないんだから、と亡妻にたしなめられるような気はしたが、どうにも神経にさわる。

どこか男を唆《そそ》るような細い目、普段着でも抜き衣紋《えもん》に着る色っぽさ。その感じは、長男を奪った下女を思い出させる。

しょせんドブ板を踏んできた女だろうから、長くは家に居着くまい。

そう思っていると案の定、お糸は三年足らずで家を出て行った。

留守中に見知らぬ男を座敷に上げていたのを茂兵衛が見つけ、激怒して家を追い出したのだ。それが半年前のことである。

この五月の常次の死は、もちろんお糸には知らせていない。いや、行方が分からないから、知らせようもなかった。

「お糸はもう、うちの嫁じゃない」

巳之吉と名乗る男に、茂兵衛はそっけなく言った。

「だから話を聞くには及ばん。帰ってくれ」

「ちょっと聞いておくんなさいよ、旦那。お糸はここの嫁になる前、ぶっちゃけ、あっしの女だったんでさ。おたくの息子さんが、勝手に奪ったんだ」

「わしの知ったことか」

「ですからね、息子さんは亡くなった、だからお糸を返してくれってだけの話でさ」

「嫁は出て行ったよ。倅が亡くなる前だ」

「へい、実はあっしの所へ戻ったんでさ。しかし最近またいなくなっちまってね。手分けして探すうち、この辺で姿を見たって者がいるんですよ」

「なら勝手に探せばいい、わしは知らん」

「とぼけても、ちゃんと見かけた者がいるんでさ。ちょくちょく来てるらしいが、あんたが可愛がってんじゃねえのか」

「なんだと？」

茂兵衛は声をあげて笑いだした。

「はっはっは……下司《げす》の勘ぐりもたいがいにせえ。わしはこのとおり、中風で足腰立たん老いぼれだぞ」

「老いぼれほど厄介な者はねえんだ」

カアッと頭に血が上った。

こいつ、何を言っておるのだ。茂兵衛は目をむいて辺りを見回した。作業場なら鋭いノミや金槌があるのに、あいにくここには、竹箒しかなかった。やおらそれをわし摑みにして振り上げ、頭から殴りかかった。

「出て行け、この腐れ外道《げどう》が！」

「おっと……」

相手は土間から外に飛び退《の》いたが、箒の先がザザッと頬を掠め、薄く血が滲んだ。

「何しやァがる、死に損ないの助べえジジイが。おたくの嫁はドブ板育ちの女郎だぜ。よいよいの腐れ頭でも、そのくらいのことは知ってたんじゃねえのか」

茂兵衛は恐ろしいほど青ざめ、仁王立ちになった。

だが巳之吉の悪態は止まらない。

「お糸を返してもらおうか、金さえ払やいつでもやらせてやらァ」

「失せろ、この出来損ないの唐茄子《とうなす》野郎、次は箒ですむと思うな」

茂兵衛は土間に飛び下りて箒を振り回したが、間一髪で家を出た巳之吉は、一目散に路地の出口に向かって逃げた。

その時、路地を曲がって入って来る女がいた。隣家の女房のお留で、赤子を抱えている。驚いて立ち止まったお留の腕の中で、赤子が泣きだした。

「ああ、よしよし、いい子いい子」

お留は赤ん坊をあやしながら、裸足で立っている茂兵衛に差し出した。

「坊や、ほら、おジイちゃんですよ」

巳之吉は呆気にとられたように、赤ん坊と茂兵衛を見比べた。

この子の祖父が茂兵衛なら、母親はお糸だろう。後じさりしながらゆるゆると、すべての謎が解けた。

赤ん坊は死んだとお糸に聞かされていたが、嘘だった。お糸は、この赤ん坊に会いに来ていたのだ。

二

「……お留さん、ちょっと座ってくれんか」

薄暗い茶の間で向かい合うと、茂兵衛は灯火もつけずに、腕を組んだまま言った。まだ巳之吉への怒りが醒めやらず、思わず強い口調になった。

「あんた、わしに何か隠してないかね」

「何かって、何だい」

お留は怯えたように肉付きのいい背を丸め、上目遣いに見た。

「お糸のことだ。もしかしたらお糸は最近、乳をやりに来てるんじゃないのかね？」

「………」

薄暗い中でも、お留の浅黒い頬がパッと赤くなるのが分かった。やおら畳に両手をつくや、お留は言った。

「すまないねえ、茂兵衛さん。騙したくて騙したわけじゃないんだよ。お糸さんが言ってくれるな、と……」

「あんたの家に来るのか」

「ええ、坊やが気になって、夜も眠れないと」

「常吉のことを知らせたんだな」

「いえ、常さんのことは噂で知ったとか」

「あんたには世話になっておって有り難いと思う。だが悪いが、断ってもらおうか。太一はわしの孫で金茂の跡継ぎだが、お糸はどこの馬の骨とも知れん莫連女《ばくれんおんな》だ。汚い乳を呑まされちゃ、家康公の代から続く金茂の血が汚れる」

「ちょっと茂兵衛さん、なんだい、家康様から続く金茂の血って」

お留は、怒ったように言い返した。

「あたしにゃ、十五を頭に五人の子がいるんだよ。赤ん坊はおっかさんのおっぱいが必要なんだ、家康様は関係ないさ」

「そりゃ当たり前の話だ」

茂兵衛は頷いた。

「しかしお糸は当たり前の女じゃない。男のために家を出た女だ。今さら家の回りをウロウロされ、あらぬ噂をたてられちゃ迷惑千万。今後は一歩も近づけんでもらいたい……」

長屋のかみさんの能天気に、鬱憤が醒めやらない。

「はっきり言おう、余計なことはせんでくれ」

「余計なことだって？　いつか言いなさったね。この子は夜泣きしないって。おっぱいを沢山《たくさん》呑んで、よく甘えたからだよ。乳が足りてりゃ、夜泣きはしないもんさ。お糸さんは……」

「ええ、言うな言うな、汚らわしい！」

茂兵衛は声を荒げ、卓袱台《ちゃぶだい》をひっくり返して立ち上がった。

一瞬お留はたじろいだが、負けてはいない。

「大事な坊やだろ、坊やにはおっかァが必要だよ！」

「あれは鬼だ。あんたは鬼の乳を呑ませろと言うのか」

「鬼はあんたじゃないか」

「うるせえ。あの子はもう歯もはえ揃ったし、そろそろ乳離れしてもいい時だ。太一はわしが育てる。誰もこの家に近づけんでもらいたい」

言いざま、隣室に消えた。

それ以後、茂兵衛は、店と玄関に鍵をかった。

作業をする時は、赤子を作業場に連れて入った。家事をする時は赤子を柱にくくりつけたし、狭い庭の僅かな畑地で農作業をする時は木にくくりつけた。背中に背負って、不自由な足を引きずって買い物に出ることもあった。

巳之吉が来た日から数日がたった。

その日も茂兵衛は作業場で、赤子の玩具がわりに車輪を与えていた。自分が子どもの頃も、そうだったのだ。

どこかで拾った車輪を玩具に、一人遊びで育った。子沢山で親に構われないのをいいことに、あれこれ工夫するのが面白かった。

いつだったたか、廃棄寸前の破れ駕籠を貰って、手を入れ、下に車輪をつけたことがある。それを引き回して遊んでいると、番屋の老役人に見咎められ、こっぴどく叱られた。

「車輪は、人を乗せるために使っちゃいかんのだ」

「なんでだよ、車輪で転がせば、担ぐより楽じゃないか」

「餓鬼のくせに」

と張り倒されたあげく、教えてもらった。

「お江戸を敵から守るためだ。お上が決めたことにつべこべ口出すな」

家康公の頃から〝武家諸法度〟なるものにそう定められており、お奉行に見つかると仕置きを受けるという。

「最近は何も知らん親が増えたもんだ」

老人は嘆かわしげに言った。

「天下泰平の世で、皆、怖いもの知らずになっとる」

そんなことを思い出しつつ煙草盆を引き寄せようとして、はっと物思いから醒めた。いつの間にか、作業場の入り口に誰か立っている。表戸には鍵をかけてあるはずなのに。

「こんにちは、お久しぶりでございます」

晴れやかな声がした。

お香の香りとともに入って来たのは、常次の幼馴染みのお瑛だった。四十九日に、何人かで線香を上げに来て以来である。

「鍵がかかっていなかったかね」

「あら、そうでしたか、ちょっと引いたら開いちゃったのです。ほほほ……勝手に入ってすみません。あの、今ご迷惑でしたか？」

「いや……」

少し面くらって、車輪を枕にうたた寝をしている赤子を見た。

「ちょうど、昼寝させるところだった。すまないが、あちらの縁側に回ってくれるかね。すぐ行くから」

赤子を座敷に寝かせてから、仏壇のある部屋に出た。お瑛は縁側に腰掛けて座っていたが、部屋には線香の匂いが流れている。

「すみません、おじさん。勝手に、お線香をあげました」

「いや、どうも……」

茂兵衛は、好物の菓子が仏壇に載っているのを横目でチラと見て、どっかと座り、煙草盆を引き寄せた。

「さてお瑛さん、何の用だ。取り越し苦労かもしれんが、お糸のことで来なさったんなら諦めてもらおうか」

「あら」

あまりににべもない言い方に、お瑛の涼しい目に困惑の色が浮かんだ。図星だったのである。

「知ってのとおり、わしは幾つになっても嫌なものは嫌だ。許せないものは許せん。

偏屈ジジイと言われてもいっこうに構わんな」

「…………」

お瑛にじっと見られて、茂兵衛の長い顔が少し縮んだ。

まだ十歳にもならぬ少女の頃の顔が、不意に目に甦った。

おじさん……と息を弾ませて作業場に駆け込んで来た時の、真っ青な顔である。指さす庭の隅には、黒い蛇がくねっていた。

その時自分がどうしたか覚えていないが、〝蛇〟という言葉を口にするのも恐ろしげに無言で訴える、その真剣なまなざしが今も目に焼き付いている。

「おじさん、変わらないですねえ」

お瑛が微笑んで言った。

「変わってたまるか。こっちは老い先短いんでね」

「良く言えば一徹、悪く言えば石頭……って、いえ、これは常ちゃんが言ってたことです」

「駄目かね、石頭は」

「いえ、駄目じゃないです」

「…………」

「駄目じゃないけど、ただ、間違った思い込みだけは困ります。あの、僭越《せんえつ》ながら言わして下さい。あたしは意見をしに来たんじゃありませんからね。誤解があるようなので、それを申し上げたら、すぐ退散しますわ」

ね、おじさん……とまっすぐ見つめる目は、あの真剣な目だった。

「その代わり、何もかも話します。口止めされていることもありますが、知って頂きたいから……ちょっとだけ聞いて頂けませんか」

三

お瑛のもとへ、突然お糸が訪ねてきたのは昨夜である。

常次とは親しかったが、その女房は何かの折に一度紹介されただけだ。歳も七つ八つ下だから、さほど付き合いはない。

助けを求める順番からすれば誠蔵だが、嫌われているのをお糸は知っていたらしい。

お糸のこととなると、誠蔵はいつも舌鋒鋭く罵《ののし》った。誠蔵自身が、赤ん坊が生まれてすぐ妻に先立たれているため、赤子を抱えての苦労が忘れられないのである。

「あの女、子を捨てた以上、事情はどうであれ潔《いさぎよ》く一生会うな、とおれは言いたい。

もし情にかまけ、半端なことをしやがったら、おれは許さないよ」

と言ったこともあるほどだ。

お瑛はちょうど夕食を終えて、お豊と茶話をしていた時だったから、灯籠に火が入った中庭の見える座敷に通した。

お糸は美人というのではないが、色が白くて目も唇も顔も細く、全体にしんなりした女だった。笑うと目尻が柔らかく下がり、薄い唇からは白い綺麗な歯がこぼれた。

着古しているが、元は値の張る紺青《こんじょう》の紬《つむぎ》の袷をまとった撫で肩、ほっそりした腰つき。畳にくずおれるようにして頭を下げる風情は、とても鋳掛け屋の女房には思えぬ色気が漂っていた。

「……こんな時間に突然おしかけて、ごめんして下さいね」

お糸は思い切ったように言った。

「実は折り入ってお願いがございまして。ええ、はっきり申して、舅の茂兵衛にとりなして頂けないかと……。あたしではまったく会ってもらえないし、近所のおかみさんもダメで、もうお瑛さんしかいないのです」

常次の死後、隣人の助けを借り、赤ん坊に乳をやりに通っていたが、舅にばれて赤子に会えなくなってしまった。何とか授乳だけは許してくれるよう頼んでもらえないか……という。

「赤ちゃんを案じる気持ちは分かるけど」

お瑛ははっきり言った。

「でも……お糸さんは何もかも捨てたのでしょう。茂兵衛さんの気持ちを思うと、あたしにはとてもとりなす自信はありません。ここは任すしかないんじゃないの」

するとお糸の細い長い目尻から、涙が滝のように溢れた。

「ええ、ええ、おっしゃるとおりで……」

機先をそがれて、お瑛さんのおっしゃるとおりで……」


お瑛は黙って相手を見返した。

「でも、そうするしかなくて……どう考えてもそうするしかなかったものだから」

しきりに涙を拭きながら言う。

「今はもう、何も隠しだていたしません。洗いざらい話しますから、聞いて頂けませんか。ええ、愚かしい恥さらしの話です、聞かされる方もご迷惑でしょうけど、そこのところをちょっとだけ我慢して頂きたいのです」

そう断って、こんな話をした。

お糸は十歳で、父親が賭博ですった借金のかたに、品川の旅籠屋《はたご》『丸十』に引き渡された。初めは裁縫を習わされ、寝具や寝間着などいっさいの繕いものを任され、夜昼となく薄暗い蒲団部屋の隅で針を持つ日々だった。

だが、十三の時から酌婦として店に出され、夜のつとめも強制されるようになった。

偶然この宿で一夜を過ごした常次は、お糸にぞっこん惚れ込み、鋳掛けの行商を口実に品川に通い詰め、あげくにお糸の借金の残りを払って引き取った。

その額は五十両と少しだった。

お糸が十八。常次は二十八。すでに店を継いではいたが、使用人もいない貧乏な鋳掛け屋としては、大変な高額である。

だが常次は、父親には内緒で店を担保に借金したのだった。

茂兵衛は初め、それを知らなかったが、金のやりくりに四苦八苦する倅に不審を抱いた。問いつめてみると、常次は短く答えた。

「お糸を女房にするのに金が必要だったんだ。金は必ず埋め合わせる」

それ以上は知りたくもない。今さら追い出すことも出来ず、疫病神のような嫁に、ただただ嫌悪を募らせていた。

それでも若い二人の新婚生活は幸せだったのだ。

あの巳之吉が現れるまでは。

巳之吉は『丸十』の倅で、不身持ちで家を追い出されたが、品川に賭場《とば》を開き、旅の客を呼び込んで、それなりに繁盛していた。

この男は、慰みものにしていたお糸を忘れられず、手下を使って身請け先を洗い出した。

相手はしがない鋳掛け屋だった。亭主は借金の返済に苦しみ、お糸が副業で呉服問屋の縫子をしているという。その貧しさに目をつけた巳之吉は、さっそくお糸を呼び出して持ちかけた。

「月に一、二回、ほんの一刻ばかりおれに付き合ってくれりゃ、相応の金を弾むぜ。ただし、もし断れば、お前が女郎だったってことを世間にばらすから、覚悟しな」

そんな執拗な要求に、お糸は悩んだ。

舅の茂兵衛は腕が良い職人で、お得意さんがついている。新米の常次もそれなりに評判が良かった。だがそうであっても、鋳掛け屋の収入はそう多くはないし、縫子の収入も知れたものである。

悪い噂が流れて客が減り、返済が滞《とどこお》れば、店を押さえられることになりかねない。何より恐ろしいのは、あの舅にすべてを知られることだった。自分は家を追い出され、常次がつらい立ち場に立たされるのは目に見えている。

常次との幸せな暮らしを守りたい、少しでも生活を楽にしてやりたい。そんな思いから、ついに要求を呑んだのである。

巳之吉は気前よく払ってくれ、お糸はそれをそっくり、縫子の報酬として家計に入れた。金襴の縫い取りをしたから……、上等な着物を任されたから……ともっともらしく説明すると、常次は疑わず、その高額の収入を素直に喜んだ。

だがそのうち指定された出合い茶屋に行くと、別の男が待っているようになった。三回に二回は客を取らされた。

罪悪感に襲われ、子を生んでからはいたたまれなくなった。

自分のような母親では、ゆくゆくこの子は肩身が狭いだろう。だからといって、今さら巳之吉から逃げられはしない。自縄自縛《じじょうじばく》の苦しみに耐えきれず、二度とここの敷居は跨ぐまいと思い決めて、家を出たのだった。

子は死んだことにし、『金茂』とは縁が切れたから、と巳之吉のもとに転がり込んだ。巳之吉はやくざと揉めて、賭場を品川から千住に移していた。

お糸はそこで稼いだ金を、直接に金貸しに送り続けた。

「……ある時、借金は完済したと、金貸しから告げられました。そう、常次さんが亡くなった後のことでした」

お糸はゆっくりお茶を啜って喉を潤し、その意味を確かめるようにしばし沈黙した。金貸しに迫られた茂兵衛が、常次のために思いがけずたっぷり寄せられた香典を、すべて返済にあてたためだという。

「ようやく私は、巳之吉から逃げました。きれいな身になって、太一の母親として生きたいから……。もし見つかったら、あいつと、刺し違えてもいい。あたしさえ家にいたら、常次さんは、あんなに祭りにのめりこまなかったでしょう、あたしが殺したようなものです……。え、今の住まいですか？　金茂にほど近い路地奥の長屋で、縫子をしています。前とは違う呉服屋のね……丸十のおかげでお針の腕はいいのですよ」

お糸は笑っていた。

「でもお舅様は、決してお許し下さらないでしょう。お乳を呑ませるのも汚らわしいと……。それならそれでもいいんです、一日のうち少しだけ太一の母親でいさせてもらえたら……。いえ、連れ去ったりなんかしませんよ。大事な跡取りじゃありませんか。あの子は、お舅様や父親のような腕のいい職人になるのです。ただ、お舅様もいつかはいなくなり、太一はただ一人でこの世に残されましょう。それではあまりに可哀想、寄り添う肉親がそばにいないのは……」

四

その日の残りを、茂兵衛は作業場で呆然と煙草を吸い、常次の好きだった柿の木を眺めて過ごした。

お瑛は本当に、言うだけ言うとさっさと帰ってしまい、とりつくしまがなかったのである。

何が〝誤解〟なものか、と茂兵衛は胸で悪態をついていた。

誤解どころか、大正解だった。いずれあのお糸という女が、疫病神であることには変わりない。

金輪際《こんりんざい》、家に出入りしてもらいたくないという思いは、かえって強まった。巳之吉のような悪党に操られた女が、大切な跡取り孫の母親であっては困る。そんな母親など太一にはいらない。

だが夜になって、太一は大泣きをし、なかなか泣き止まなかった。額に手をかざしてみると熱が出ているようだ。

火のついたような赤子の泣き声ほど、苦手なものはない。それを聞くと、いつも茂兵衛は何かに責めたてられるような気がした。どうすれば泣き止むか、六十余年生きてきても、分からない。

大慌てで隣家の戸を叩き、お留に医者を呼んでもらった。

「茂兵衛さん、坊やはどこも悪くないよ。お乳がほしいだけだ」

医者はそう言って、茂兵衛の肩を叩いて帰って行った。

有り難いことにお留は朝まで添い寝をしてくれた。朝になって粥《かゆ》を作ったり、薬を煎じて呑ませたりするうち、太一は元気を取り戻した。

それを機に、お留がまたちょくちょく顔を出すようになったのを、茂兵衛は黙認していた。あの汚らわしい女と接触しなければ、それでいいのだと。

その翌日は金木犀《きんもくせい》の香る秋日和で、茂兵衛は久しぶりに店を開く気になった。といっても店には出ず、いつものように太一を座敷の柱に帯でくりつけて、溜まった家事を片づけていた。

あとで碁会所でも覗こうか、などと思っているうち、店で人の声がした。

出てみると、近くの呉服屋の隠居だった。

「やあ、茂兵衛じいさん、生きてたかね」

この老人は、昔は三日にあげず柳橋の碁会所で顔を合わせていた碁友である。

「最近ずっと店を閉めてるんで、とうとうくたばったかと……」

「がっかりさせて悪いが、このとおりピンピンしてるよ。ご隠居こそ、あの暑さでいよいよお迎えが来たかと思ったがな」

「ははは、いつどうなろうと大きなお世話だ。わしはこれから柳橋に行くんだが、一《ひと》手間《てま》終わったら、久しぶりにどうだね」

「へぼ碁に付き合うのも気ボネがおれるがね。ま、後でちょいと顔を出すか」

だがその日、碁会所に行くことはなかったのである。

隠居が出て行くと、座敷に戻ってギョッとした。

そこにいるべき太一の姿が見えない。

柱にくくりつけてある帯はそのままだが、途中からプツリと切れていた。お留が連れ出したのならば、帯を切ったりはしない。鋭利な刃物で切られている以上、それ相応の相手だろう。

茂兵衛は反射的に外に飛び出した。

秋の陽の溢れる通りには、人影はなかった。

日陰になった路地を覗いたが、ここにも誰もいない。

赤ん坊が泣かなかったから、お糸か……とも勘ぐってみる。

もしや脅迫状でもと思い当たり、血走った目で再び座敷に駆け戻り、縁側に走り出てみて、足元の沓脱石《くつぬぎいし》に置かれた一枚の紙を見た。風で飛んだのだろう。かがんで拾い上げると、細い筆でこう書かれている。

〝子どもは、お糸と交換で返す。
身代金として五十両用意のこと。
命は保証するが、お上に訴えれば左にあらず。
場所と日にちは追って連絡す〟

まずはお留に頼んで、お糸を探ってもらった。子どもほしさの、お糸の狂言も疑っていたのである。

だが事態を知ったお糸は、すぐさま『金茂』に駆けつけて、狂ったようにその戸を叩いた。

茂兵衛は頑として家に入れなかった。お糸は、巳之吉なるダニを呼び込んだ疫病神である。

「あたしはいつでも巳之吉の元へ行く用意がある。お奉行所には絶対に訴えず、太一を無事に取り返してほしい」

お糸は、お留を通じてそう訴えてきた。

「生きて太一を取り返すためには、あんたが切り札だ。わしが指示するまで、軽挙妄動せずに自宅から一歩も出るな」

茂兵衛は、お留を通じてそう伝えた。

お留にも厳しく口止めした。

茂兵衛はせっかく開いた店を閉めて、苦虫を嚙みつぶしたような顔で作業場に籠ったのである。

五十両か、と茂兵衛は思った。

実をいうと、茂兵衛にはそのくらいの金がないではなかったのだ。

若い頃から車輪を作ってみたり、珍しい車輪を拾って来て古道具屋に持ち込んだり、鋳掛け業の他に副収入があったのを、そのまま秘かに貯めていたのである。

常次が五十両を必要とした時も、それがあった。

だが倅は、父親が小金を貯めているとうすうす知っていたはずだが、頭を下げて頼むことをしなかった。頼まれたら出してやったものを、倅はお糸のことを問われるのを恐れて、何も言わずに勝手に店を担保に借金したのである。

借金を知って茂兵衛はひどく怒り、面罵した。

五十両で買った嫁はよく働く優しい女だったが、口をきかなかった。二人で借金返済に四苦八苦していても目をそむけ、救いの手を差しのべようとしなかった。

そんな意固地な自分が、今となっては許せないのである。

金を墓に持って行けるわけでなし、なぜ若い者を生かすために使わなかったのか。

もしあの借金を、自分が出してやっていたら……と何度思ったことか。

恋女房が家を出さえしなければ、常次は家に居着いたはずで、あれほど祭りにのめりこむこともなかったろう。

自分が死なせたようなものだ。

茂兵衛は悔やみ続け、父親らしいことをしなかった自分を、今も責めている。

巳之吉から二通めが届いたのは、その二日後だった。

こう書かれていた。

〝今月最後の日、夕刻七つ（四時）の鐘を合図に、橋場《はしば》町の内海《うつみ》橋北側で待つ。不審があれば、子どもの命は保証せず〟

今月最後の日といえば明日ではないか。

誰にも会わずに家に籠っていた茂兵衛は、急ぎ武《たけ》さんを呼んでくれるよう、お留に頼んだ。

河原崎四郎左衛門武光《しろうざえもんたけみつ》という立派な名前はあるが、常次と親しかったその浪人を、みな武さんと気安く呼んでいた。

「ああ、水戸のお侍さんだね」

お留は心得たように言った。

「そうだ。今は、そこの呉服屋の奥の法輪寺《ほうりんじ》の離れにいるはずだ」

河原崎武光を呼んだのは、内海橋を調べてもらうためだった。

事情を聞いた武光は、日の暮れる前に帰りたいと、地図を片手に飛び出していった。

戻って来たのは八つ半（三時）である。

その時、茂兵衛は茶碗で酒を呑んでいた。武光の報告を、酒をがぶ呑みしながら聞いた。

それによると内海橋とは、大川沿岸の湿地帯にかかる橋で、夕方ともなればほとんど誰も通らぬという。

巳之吉の住む千住には近いが、両国橋辺からは距離があった。

大川に沿って北上し、山谷堀にかかる今戸橋を渡って、橋場町の橋場渡しを過ぎれば、その先が葦の茂る湿地帯である。

片側は大川、片側は湿原で見晴らしがよく、人を配置することは不可能に近い。そこから内陸に入れば小塚原《こづかっぱら》の刑場が近く、その辺りから流れてくる掘割川に、内海橋がかかっている。

「ふーむ……」

さらに地形の説明を聞いて、茂兵衛は呟いた。

「自分は駕籠で行くが、お糸には舟で行ってもらうか」

最悪、太一は生きていないかもしれない。

だがお糸を隠れ家からおびき出そうとするなら、茂兵衛の一行は後をつけられ、途中で襲われる恐れも無きにしもあらずだ。

「すまないが、お糸にはあんたに付き添ってもらいたい。橋場の渡しで落ち合おう。ただし橋には、駕籠に乗ったわしと、お糸だけが行く……」

「親父さん、そりゃないんじゃありませんか。この私に、帰れってわけですか」

助っ人を頼まれると思っていたらしく、怒ったように武光が言った。

「行かせて下さい。私の腕を疑っているのは分かりますがね。これでも武士ですよ。武士は戦うためにある。駕籠かきに変装すれば、かなり近くまで行けるでしょう。剣術の心得はあるから、何かとお役に立ちますよ」

「わしの言うとおりにしろ！」

茂兵衛は酒臭い息を吐いて一喝した。

「あんたの腕が、立つとか立たんとかじゃねえんだ。駕籠かきが用心棒だなんてこたァ、餓鬼でも考えることだろうが。まずは真っ先にやつらが考える。警戒して、初めから橋には近づけさせまい。そんな小細工しても無駄ってことなんだ。いいか。これには金茂の跡取りの命がかかっておる。相手は、赤子の息の根を止めるくらい、顔洗いより簡単に考えてる外道だ。へたに歯向かわずに、わしの言うとおりにしろ。分かったな」

「親父さん……」

「いいか、これは金茂一家の問題だ、わしが解決する」

しかし酒を呑んでる場合ですか、と言いたいのを堪《こら》えて、武光は黙っていた。

なるほど茂兵衛の言うとおりだろう。

だが口だけは達者でも、しょせん飲んだくれの中風あたりのじいさんに過ぎないのだ。最後は自分がやるしかないだろう、と武光は覚悟はしていた。

五

一行は、ほぼ約束の刻に内海橋の南に着いた。

茂兵衛を乗せた駕籠は、ゴザを垂らした普通の四つ手駕籠で、二人のごく当たり前の駕籠かきが担いでいる。

駕籠のそばには、重そうな包みを抱いたお糸が、青ざめた顔でより添っていた。

頭上にカラスの鳴き声がし、辺りには水の匂いがたちこめていた。

橋は大川に注ぐ掘割川にかかっており、晴天が続いているため水量が少なく、鈍色の水は浅く葦を浸している。

長くゆるやかな弧を描くお太鼓橋の北側には、すでに十人近い人影が動いていた。

早く来て、何か仕掛けがないか附近を検《あらた》めたのだろう。

期せずして寺の鐘が鳴りだした。

鐘の音は静かな水辺の空気を震わせて響く。

鳴り終わるのを待って、駕籠はゆっくり橋を渡り始めた。

「おう、そこで止まれェ、近寄るなァ」

橋の向こうから、巳之吉が叫ぶ声がした。

「駕籠から出て、歩け！」

すると駕籠を覆うゴザが両側とも引き上げられ、中から作務衣《さむえ》姿の茂兵衛が、乗り出して怒鳴った。

「このとおり種も仕掛けもないわい。わしは足が悪い、耳も遠いでな。声が聞こえる所まで、もう少し行くぞ」

「止まれ止まれ……」

その声を無視して駕籠はゆっくり進み、ゆるやかな傾斜の頂上より少し手前で止まった。

大柄な茂兵衛がのっそりと駕籠から下りると、すかさず巳之吉の声が飛んで来る。

「人足は去れ、橋のたもとまで退れ、橋を下りろ！」

二人の駕籠かきは、棒を放り出し、駕籠が滑らぬようガタガタと位置を固定してから後じさりした。

「橋を下りたら、橋から離れろ、そうだ、その木のあたりだ」

橋の頂上には、杖さえ持たない丸腰の茂兵衛と、包みを持ったお糸だけが立っている。

後からついてきて、木の陰から秘かに見守る武光には、茂兵衛老人が緊張でいかつく肩を張っているのが分かった。もともとほっそりしているお糸は、紙の姉様人形のように、川からの微風にも震えているように見えた。

「よーし。これから赤ん坊を連れて行く。お糸は一人でゆっくり、こちらへ渡ってこい」

「待て！　泣き声が聞こえんぞっ」

茂兵衛が怒鳴る。

すると火のついたように泣きだす赤ん坊の声がし、辺りの緊張が一気に和んだ。片手に赤子を抱いた若い男が、橋のたもとに立った。片手に抜き身を下げている。

並んで、巳之吉が姿を現した。

「じいさん、これで文句あっか、餓鬼は元気だ」

茂兵衛はそれには答えず、お糸に何か言っている。お糸は頭を振って、言い争っているようだ。

「よーしそこまでだ、じいさん、行くぞ」

巳之吉の声がし、男がゆっくり傾斜を上り始めた。

だがお糸は頬を引き攣《つ》らせ、立ち竦んだまま動かない。

茂兵衛に背中を押されて、ようやく震えが止まったのか、一歩ずつためらうように橋を下りだした。見守る茂兵衛は少しよろめいて欄干にもたれたが、その姿はお糸には見えなかった。

途中で男とお糸は出合い、立ち止まった。

「お糸、そこで包みの中を、その若い衆に見せろ」

巳之吉の声に、お糸はその場に跪《ひざまず》き、風呂敷をほどいて広げてみせた。五十両が菓子箱に詰められており、お糸が一包みずつ持ち上げてみせるのを、男は立ったまま目で検《あらた》めた。

お糸は包みを縛り直し、泣き続ける赤子には目をくれず、俯いて橋を渡って行く。巳之吉の元に行き着き包みを渡すのを待って、男はまた進み始め、欄干に片手をかけて突っ立っている茂兵衛に、赤子を手渡した。

確かに太一だった。男は大役を果たしてほっとしたのか、そのまま背を見せて、すたすたと戻って行く。

「よーし、じいさん、金と女は受け取った。そのまましばらく動くな、いいと言うまでそこを動くなよ」

巳之吉が叫ぶ。

一人を見張りに残して、数人がどやどやと動きだした。気がつくといつの間にか二艘の舟が、大川側の船着場に停まっている。

皆はお糸を囲んで歩きだした。茂兵衛は赤子を抱いたまま仁王のように佇んで、その後をじっと見守っている。

その姿をやきもきして、武光が見ていた。

（何とかしろよ、じいさん。おれは飛び出すぞ……）

だがその時、何かあったのか、お糸を囲んでいた数人がざわめき、走りだした。キャアと叫ぶ女の声、逃げたぞ、逃がすな、捕まえろ……と口々に叫ぶ男らの声。

皆の視線がそちらに集中した。

どうやらお糸が、船着場に下りずに、まっすぐ走って逃げだしたらしい。バタバタと雪駄の音がし、叫び声、赤子の泣き声、そして頭上でカラスまでがカアカアとうるさく鳴き騒いでいた。

混乱に乗じて、橋の中途に停まっていた駕籠がそろそろ上がりだすのを、誰も気がつかなかった。

駕籠かきは木の下にいる。担ぐ者もいない駕籠がゆっくり頂上まで動いたのは、茂兵衛が後ろから押していたからだ。

駕籠の底には、四つの小さな車輪が取り付けられていて、押すと簡単に動いた。

昨日、ぼろ駕籠を一台、知り合いの駕籠屋から譲り受け、手持ちの車輪を取り出して、徹夜で細工したのである。

高額で雇った二人の駕籠かきには、

「何もせんでいい、言われたとおりにだけ動け。ただ駕籠には車輪がついている。橋の上に置く時は、動き出さぬようこれを車輪の下に敷け」

そう言い含め、車止めの三角の板切れを二つ渡しておいた。

茂兵衛はそれを外して頂上まで押し上げると、速さを調節する棒を持って飛び乗るや、思い切り漕いだ。

駕籠は一気に下りだした。

カラカラという車輪の回る音にハッと振り向いた見張りは、凄い勢いで目の前に迫り来る駕籠を見た。

「ワアッ、なんだ、ありゃ！」

仰天して叫んだが、驚きのあまり言葉が出なかった。後を追いかけるにも、駕籠は火を噴いており、まるで魔神のように走り過ぎて行ったのだ。

駕籠のゴザにはあらかじめ油を塗り込んでおいたから、茂兵衛が火打石で点火しただけで、たやすくボッと燃え上がった。

全速力で傾斜を滑り下りた駕籠は、その勢いを駆って、一かたまりになって竦《すく》んでいた連中の真っただ中に、突進して行った。

火だるまで転がり出た茂兵衛は、路上にひっくり返っていた巳之吉めがけて阿修羅《あしゅら》のようにむしゃぶりつき、馬乗りになってその胸下に鑿《のみ》を突き立てた。

お糸は見張りの叫び声がした時、絡みついてくる巳之吉を道の中央に突き飛ばして、しゃにむに道路脇から転げ出ていた。冷たい草むらの中に倒れ込むと、大役を果たした安堵のあまり、目を見開いたまましゃくりあげた。目の上に夕焼けが広がっており、今まで見たこともないほど赤く、美しく見えた。

間一髪だった。

初めて計略を明かされたのは、この直前……そう、あの橋の頂上に二人で立った時である。

「これから駕籠で体当たりするから、お前はわしの言うとおりにしろ」

そう茂兵衛に言われ、お糸は一瞬拒んだ。だが火だるまになるとまでは聞かされなかったから、やるしかないと思った。

茂兵衛に命じられたことを、我ながら完璧にこなしたと思う。逃げるふりをして走りだし、わざと転んでみせ、そこに巳之吉を引きつけておいたのだ。

もしも巳之吉が、直進してくる茂兵衛の駕籠を避けたならば、自分が体当たりしてでも火の海に沈める覚悟だった。それでなくても、いずれ一突きして殺し自分も死のうと、鋭利な簪を髪に挿していたお糸である。

赤子は、無事に武光の手に抱き取られていた。茂兵衛が太一を橋に横たえて駕籠を押し始めた時、初めて企みを察し、雪駄を脱ぎ捨てて飛び出して行ったのだ。

泣きわめく太一を抱き抱え、全力疾走で戻った時、対岸にギャッというような叫びとどよめきが上がった。振り返ると対岸に紅蓮《ぐれん》の炎が上がっていた。棒のように突っ立ったまま眺め、しばし呆然としていた。

後に明らかになったのは、敵方で死んだのは巳之吉だけだったということ。胸を深く一突きされて、ほぼ即死だったらしい。

手下の数人が火傷を負ったが、軽いものだった。

もちろん茂兵衛は死んだ。

お糸の証言では、自身の着物にも油を塗っていたらしく、覚悟の焼死だった。

茂兵衛は仏壇に一通の遺言書を残しており、お糸はそれに従った。

太一を無事に育て跡継ぎにするべく、金茂の家に戻ってほしいとそこには書かれていたという。

第四話　弔い花

一

何て鮮やかな色の花だろう、とお瑛は彼岸花に見とれた。

十六夜橋のたもとの原っぱを真っ赤に染めて、無心に咲いている。毎年咲く花だが、今年はいつもより早いようだ。

佇んで眺めながら、しばしもの思いに耽った。

一日の始まりのこの時間、お瑛は一人きりで地蔵様にお詣りするのが日課である。水と花を供え、無心で手を合わす。

人の気に触れる客商売だから、こうした一人の時間が大事だった。

そろそろ店に戻ろうと振り返った時、誰かが近づいてくるのが目の端に映った。

岡っ引きのトカゲの岩蔵である。

「毎度ッす、お早うさんで」

「あら、親分さん、今朝はお早いですこと」

「今あちらに寄ったら、こちらだと言われたんで……」

輝く秋の陽射しに、岩蔵は眩しげに目を細めた。

「いえね、ちょいとお耳に入れたいことがありやしてね。いつぞや神田明神に火を付けようとした耄碌婆さん、確かお条《くめ》って名前でしたっけ」

「ええ、お条さんがどうかしました？」

「亡くなったですよ」

「えっ」

「今朝、深川の掘割に浮かんだと……」

「まあ、どうして」

「さて、詳しくは知りやせんが、また火遊びでもしてたんですかね。昨夜は風があったし」

そういえばあの夜も、風のある夜だったっけ。

つい一月《ひとつき》前にびいどろの欠片《かけら》を売りに来たあのお条に、一体何があったのだろう。

「いや、誰かに突き落とされたんだろうって、もっぱらの噂でさ」

「でもそんな人でなしがいるかしら」

「そりゃ、いまっさ、女将さん。世の中善人ばかりじゃない。あんな火付け婆が町内にいちゃ、危なくてしょうがねえ。早いとこ葬ってしまおうって思うやつがいても、不思議はない」

岩蔵の言い草に、お瑛は恐ろしそうに肩をすくめた。

「実際に火事を起こしたことなんてないのに」

いたたまれぬ思いに駆られ、もう一度地蔵様の前にしゃがんで手を合わせ、そばに咲いていた彼岸花を一輪手折《たお》り、前に手向《たむ》けた。

「でも考えてみれば、今までよく無事でいられたものよねえ」

お瑛は立ち上がり、裾を払いながら言った。

「そこなんですがね」

岩蔵は歩きだしながら、舌先でペロリと唇を舐めた。

「お粂って女は、長いこと深川で飯炊き女をしてたんですよ。法眼《ほうげん》屋敷と呼ばれる鍼《しん》灸《きゅう》医の家でね。賄いの腕はよかったらしくて、問題を起こすたびに、その鍼灸医が庇ってきたんだそうで」

「法眼屋敷？」

どこかで聞いたことがある。

お瑛が橋のたもとに立ち止まって記憶を探っていると、岩蔵は欄干に凭《もた》れ、暖かい陽を浴びて次のように話した。

お条は年齢は不詳だが、七十はとうに過ぎているだろう。

少しおかしくなったのはここ一年で、不意に夜中に屋敷からいなくなったことが二、三度あった。

そのたびに、火付け未遂で自身番に突き出されたのに、なぜ火盗改に突き出されずにすんだのか。それは、主人の久坂玄哲《くさかげんてつ》が直々《じきじき》に引き取りに来て、頭を下げるからだというのだ。

「玄哲といえば、前の将軍家斉《いえなり》公の御典医までしなすった、高名なセンセイですからね」

長崎出島の阿蘭陀《オランダ》人医師との交流で、蘭学の知識を鍼灸に生かし、鍼灸の最高位である〝法眼〟の称号を授けられた。

退官してからは深川の屋敷を開放し、若い鍼灸医の育成に当たっていた。六十を半ば過ぎた今も、公方《くぼう》様からお呼びがかかる実力者だが、貧しい町人から治療代をとらないため、玄哲先生と親しまれ畏敬されているという。

「その先生が、白髪頭を下げて嘆願するんですから、聞かないわけにはいきませんや。医者には、いつか世話になりますからね」

火付けは〝引き回しの上、火炙り〟に処されるのが普通だ。

〝火をつける〟と脅迫しただけでも、死罪である。

しかしお粂は、実際の火事を引き起こすような、実害をなしたわけではないのだ。

なにぶんにも高齢で、軽い老耄《ろうもう》の症状があるので、以後は夜出さないよう厳重に監視する……と平謝りに謝って、奇行を見逃してもらうのだという。

実際、発作の症状が収まれば、若い下女と丁稚を手伝わせて、屋敷に寄宿する十人近い学生の賄い飯をちゃんと作った。

「……普通こんなホトケさんは、海に流しちまうところですが、幸い町じゃ名が知られてたんでね。法眼屋敷に連絡して、すぐ弟子に引き取ってもらったそうですぜ」

（あの玄哲先生か）

岩蔵と別れて店に帰るまでに、お瑛は思い出していた。

身体を痛めた関取……そう、あれは不動岩《ふどういわ》関だった。この力士が、難しい取組みに勝てたのは、その膝の故障を治療した名医のおかげだと、皆が言っていたのである。

いつぞや誠蔵と井桁家で呑んだ帰り、浪人らしい無頼の一団に襲われたが、岩のような巨体の持ち主が闇のなかからヌッと現れ、材木を振り回して蹴散らしてくれたんだっけ。

この不動岩と玄哲先生の話は、若松屋誠蔵から教えてもらったことだ。

火付けの老女が、お条という深川の飯炊き女だと探り出したのも、誠蔵である。

お瑛はしばらく考え込んだ。

誠蔵とは仲違いして、しばらく音信不通である。

一度、河原で捕まえたという螢を籠に入れ、丁稚に持たせてよこしたことがある。

それが仲直りのつもりと知りつつ、お瑛は無視して何も応えなかった。

だがお条の死は、報せなければならない。

かたがた、こじれた仲もさりげなく修復しようと思う。長い付き合いだし、誠蔵のいない日々はやはり寂しかった。

「市さん、あたしはそこの近江屋に行ってきます」

客が少ない午《ひる》過ぎを見計らって、お瑛は言った。

「その帰りにちょっと若松屋に寄るから、うるさ方のお客がみえたら、文七を呼びに寄越して」

二

大通りに出た時だった。

「斬り合いだ、斬り合いだ……」

誰かがそう叫んで走り抜けて行った。

人波が揺れ、室町とは逆の日本橋の方向に流れて行く。思わずお瑛もその後に続いた。

白昼、こんな日本橋のど真ん中で珍しい。

日本橋の手前を少し濠端に引っ込んだ辺りに、人だかりができていた。背伸びして前の肩ごしに覗くと、一人の若い侍に、三人のやくざ者が刀を抜いて迫っている。

その若い武士の顔を見て、お瑛ははっと息を呑んだ。

先日、常次の葬式の夜に、仏壇のそばで灯火番をしていた礼儀正しい若者ではないか。たしか河原崎ナントカ……といったっけ。武士ではあるが、幕臣か藩士か浪人か、判然としなかった。

初七日には姿を見かけず、あれきり会ったことはない。

異様なのは、やくざ者は刀を抜いているのに、河原崎は刀を腰に差したままだということだ。

「とうッ」

「きぇェ……」

三人が口々に気勢を上げて、次々と斬り掛かっていく。だが河原崎は抜かず、右に左にかわしながらじりじり後ずさりしていく。

腕に自信がないのか、或いは町人と違って簡単には抜けないのか、とハラハラしながらお瑛は思いめぐらした。

武士が町人と喧嘩したら、勝たなければならない。武士として辱《はずかし》めを受けたからと理由がたち、大かたは斬り捨て御免になる。だが負ければ、武士として面目を失ったと受け止められ、切腹を命じられる場合が多いのだ。

市兵衛を呼びにやろうかと思った。棒術では、すでに指南格である。だが事情も分からず助太刀するのはいかがなものか。

刀を抜かずに三人を相手にしている河原崎は、もしかしたら達人かもしれない。達人の助太刀をしては、恥をかかすことになろう。

突然、河原崎は囲みを破って猛然と走りだした。

やおら日本橋川の桟橋に下りる石段を、三段飛びに駆け下りるや、そこにちょうど着いたばかりの伝馬舟に一飛びで飛び乗って、竿でトンと突いたのである。

スイと舟は岸を離れて行く。

一人は追いかけて飛び乗ろうとして、水しぶきをあげて川に落ちた。地団駄踏む二人を尻目に、河原崎は見事な櫓さばきで対岸の桟橋に渡り、そこから石段を駆け上った。

向こう岸のどこかに姿が消えた時は、固唾を呑んで見守っていた人々から溜め息が洩れ、拍手する者までいた。

お瑛は何だか、一幕の芝居を見ていたような気がした。

先に近江屋に行くはずが、足は若松屋に向かった。

「へええ、あの青瓢簞《あおびょうたん》みたいな武さんが?」

話を聞いて、誠蔵は驚いたように首を傾げた。

若松屋の、中庭に面した日当りのいい縁側である。この庭にも、真っ赤な彼岸花が秋陽を受けて咲き乱れていた。

お瑛は庭から回って縁側に腰を下ろし、誠蔵は中から出て来て、畳に腕を組んで座っている。二人はほぼ三ヶ月ぶりなのに、何ごともなかったように話し、仲違いには一言も触れなかった。

「おれは二、三度しか会ったことがないけど、確か水戸藩士の長男と聞いたぜ」

「水戸といえば小石川の？」

「そうそう、小石川に藩邸がある。聞いた話じゃ、剣術修業のため江戸に出て来たが、釣りばかりやってて呼び戻されたらしい。だけど親の命令を無視して帰らず、相変わらず釣りばかりやってるらしい」

「変わったお方ねえ」

「ま、そうだね。河原崎なんとかザエモンタケミツ……と名前は騒々しいけど、本人は至って静かなひとだ。自分から言ったらしいぜ、〝武さん〟と呼んでくれってね。ただ刀は売り払って竹光だそうで、陰じゃ皆、武さんじゃなくタケミツさんと呼んでたよ」

「まあ、ほんとにヘンなお侍」

刀を抜かなかったのは、やはりそういうことかとお瑛は思った。

「最高にヘンだよ」

「剣術の腕はどうなのかしら」

「武芸の腕についちゃ、常は何も言ってなかったなあ。しかし三人に囲まれて、逃げおおせたんだから、ひょっとしたら達人かもしれない」

「でも達人が、そう簡単に刀を売ったりするかどうか。刀は武士の命でしょう」

「一体なにがあって、あんな連中に囲まれたんだか」

お瑛は、お糸のことを思い出した。

「あのお糸さんなら知ってるかもね」

「ああ、そういえばあの嬶《かかあ》……親父さんの遺言で、金茂に戻ったらしいよ」

誠蔵は腹立たしげに言った。

あの茂兵衛が焼死した事件は、子どもの誘拐事件として、瓦版に書きたてられた。舅と不仲だったが最後は二人で命がけで子どもを取り返した、そんな事情を知って金茂にゆかりの人々は皆、お糸を許したのだ。

だが誠蔵だけは許していないらしい。

「親父さんは立派だったし、お糸さんもよくやったわよ」

お瑛が宥めるように言うと、誠蔵はしばらく黙って庭の彼岸花を見ていた。

「……それはそうと、お粂さんは気の毒だったな」

「ええ、おちおち耄碌《もうろく》もできやしない」

「お瑛ちゃんは大丈夫さ」

「でもあのお粂さん、古い記憶は意外にしっかりしてたの。蓑屋を覚えていたんだものね。もしかしてもっと話を聞けたかもしれないって、とても残念な気がするのよ」

「親しい誰かが死ぬと、必ずそう思うもんだよ。常次だって、おれはまともな話をしたことがない。もっと何か話すことがあったんじゃないかって、かえすがえすも悔しいよ」

「でも生きてるうちは、そんなこと思わないもんなのね」

お瑛が相づちを打つ。

「しかしあの婆さんが法眼屋敷にいたとは驚きだ」

「玄哲先生が、主人だったのね」

「うん……」

誠蔵は何か考えるように、また彼岸花に目を向けた。

「ただねえ、これはおれの勘だけど、たかだかまだら惚けの飯炊き婆さんだろう。縁もゆかりもない下女のために、番所や奉行所に頭を下げまくるとは普通じゃないぜ」

「……何かあるのかしら」

「ま、古い因縁めいたいきさつとか。お条さんだって、昔から腰の曲がった老女じゃないんだからさ」

「あははは、馬鹿ねえ」

お瑛は笑い転げたが、火付けを繰り返すお条を庇い続ける玄哲先生の熱情には、確かにただならぬものがあった。

「それはそうとお瑛ちゃん、今日は忙しいか」

思いついたように誠蔵が言った。

「ええ、これから駿河町の近江屋さんに寄らなくちゃ。それに夕方からは町内のえびす講があるじゃない」

「あ、そうか、今日はえびす講か」

今日は、商売繁盛の恵比寿神を祀る宝田《たからだ》稲荷の祭礼である。

前夜祭の昨夜は、本町でべったら市が開かれ、縁日が並んだのだ。今夜は、大抵の町内ごとに商家の主人が集まって講を開き、その後は賑やかな宴会が持たれるのが普通なのだ。

「……うちは番頭を出してるんでね。分かった。ま、近いうちにゆっくり飯でも食おうや。弁天坂に、松茸を焼いて旨く食わせる飯屋があるんだ」

仲直りのつもりだろう。お瑛は笑って頷いた。

「ええ、ぜひ行きましょう、誠ちゃんのおごりでね……」

三

若松屋を出ると、ほど近くの近江屋に寄った。

反物の湯熨、しみ抜き、染め、洗い張り、仕立て……と呉服のすべてを手がける悉《しっ》皆《かい》屋である。お瑛は二日に一度はここに顔を出す。

「あら、お瑛さん、おいでやす」

お瑛と知って、店の奥からお内儀のお菊《きく》が顔を出した。京で左褄《ひだりづま》を取っていたという京女で、いつもにこやかで如才ない。

「ちょうど良かった、今〝人形町〟に、お茶をお出しするところなんえ。奥で一緒にいかがどす？」

〝人形町〟とは、そこから通ってくる盲目の鍼灸師丈庵《じょうあん》のことだ。長患いの近江屋の隠居に、呼ばれて来る。

「あら、せっかくだけど、お茶は頂いてきたばかり……」

「何杯でも、お茶は身体にええんどすえ」

お菊は、細い目を悪戯《いたずら》っぽくぱちぱちさせて言う。

「ほな、お履物を脱がんでええよう、お庭に回りはったらいかが」

お瑛は苦笑しながら頷いた。ひどく慇懃だが、いつもだんまりと押し黙っている愛想のない丈庵を、お菊は苦手なのだ。近寄るとぞっとする、などといつも悪口を言っている割に、必ず自らお茶を出している。

玄関の横の細い路地を奥に入ると、都会のど真ん中とは思えない静かな中庭が広がる。池の水の匂いがし、柿の木に実った柿が西陽に輝いていた。

「お邪魔いたします」

座敷にぽつねんと座っている四十がらみの座頭《ざとう》に、お瑛は丁寧に頭を下げて縁側に腰を下ろす。そこへ茶道具を持ったお菊が、菓子盆を掲げた下女を従えて、賑やかに入って来た。

お菊は、お瑛を紹介し、華やかにお茶を勧めた。

初めはお付き合いで茶を啜り、上の空で雑談するうち、ふとある考えが天啓のようにお瑛の脳裏に閃いた。

(同じ鍼灸師なら、深川の玄哲先生をご存知ないかしら)

そう思ってからは、急にお喋りに力が入った。

「……そういえば、目明かしの親分さんから聞いた話ですけど」

雑談が途切れたのを見計らって、お瑛は話の端緒を探り出した。深川の法眼屋敷の台所番の老女が、今朝、掘割に落ちて亡くなったらしいと。

「まあ、それはお気の毒に」

お菊が眉をひそめ、何げなく言った。

「法眼屋敷って……覚えがあります、そうそう、偉い鍼灸の先生のお屋敷ですやろ？」

「ええ、よくご存知ですね」

「うちの店に、あそこから注文が来たことあるんよ。ああ、お師匠も知ってはりますね？」

お菊が言うと、座頭は当然というように頷いた。

「手前どもで、玄哲先生のご高名を知らない者はおりません。前公方様の御典医として、評判でございましたから」

座頭は慇懃に言って沈黙し、茶を啜った。座はしんとして、しばらく茶を啜る音だけが響いた。

（これだからお菊さんに敬遠されるのね）

お瑛がそう思ったように、本人も愛想のない言い方と思ったのだろう。丈庵は少し間を置いて咳払いし、つけ加えた。

「ご存知のように鍼灸がご専門ですが、あたしどもにはあまり馴染みがございません。と申すのも、まだお若いうちに甲府に行きなすったんですよ。あちらで、十年くらい官医を勤められたんじゃないですか」

（甲府？）

お瑛は聞き咎めたが、丈庵の話は続く。

「江戸に戻られてからは蘭学に熱を入れなすって、江戸の蘭学者との交流にお忙しく……」

「あの、玄哲先生はなぜ甲府に行かれたのですか？」

お瑛は思わず相手の話に割り込んで、訊き返した。

「ああ、甲府ですか。なんでもあちらに医学研修所を建てて、鍼灸を教えるお役目を仰せつかったんじゃありませんか。甲府から戻られて、法眼になりなすったのは、そのご褒美であろうと思います」

思いがけない展開に、急に胸の鼓動が高鳴った。

「それは、何年くらい前のことでしょう？」

「はて」

丈庵は見えない目で庭を見るように、顔を上げた。

「そう、ちょうど家斉公がご隠居あそばした年、還暦で御典医を退官なされたはずですよ。家斉公のご隠居は、ええと天保《てんぽう》八年でしたか。それから七年たっていますから、玄哲先生はおそらく六十七になりなすった」

座頭は暗算するように、太い指を膝の上で動かした。

「甲府勤番は、かれこれ十七、八年前になりますかな」

お瑛は、頬が火照るのを感じた。

もしかしたら父の甲府時代と重なるのではないか。

玄哲先生は十七、八年前から十年も甲府にいたのだから、父津嶋喜三郎《つしまきさぶろう》とどこかですれ違っているかもしれない。

その考えが胸に居座った。

もしかしたら父の消息を知っているかもしれぬ、という思いが少しずつ膨らんで、その夜は床に入ってもなかなか寝つけなかった。

いつか……何かの折りに、玄哲先生と会ってみたい。

だが見ず知らずの自分が法眼屋敷の門を叩くためには、誰かの添え状が必要だろう。とするとあの誠蔵を動かし、不動岩関に頼み……。と考えると、途方もなく大ごとになりそうで、さすがに眠気がさしてきた。

未明に軒を叩く雨の音を聞いた。翌日から雨になり、一雨ごとに天地が冷えていくようだった。


そんなある朝。

お客が少ないこんな日こそ忙しい。お瑛は手拭いを姉様被りに襷掛けで、商品の仕分けや入れ替えに精を出すのだ。

この日も、蔵の中の納戸《なんど》に頭をつっこんでいると、お民がお客様ですと呼びに来た。

「今ちょっと手を放せないけど、どなたかしら」

お民は性格が良いが、気が利《き》かずそそっかしい。お客が来るたびいちいち呼びに来たり、客の名前を訊き忘れたりする。

「ええと……女将さんにご用がおありだそうで、法眼屋敷の使いで来られたとか」

「それを早くお言い」

まったくグズなんだから……。手早く襷と手拭いを外した。それにしても法眼屋敷から使いとは、どういうことか。

急いで蔵を出て化粧を直し、襟をかき合わせながら店に出た。

四

「あらっ……」

お瑛は店に入ったとたん、頓狂《とんきよう》な声をあげた。

「や、しばらくです」

雑巾で袴の雨滴を払っていた男は、顔を上げた。

河原崎武光だった。常次の葬式で初めて会い、また最近ひょんな所で見かけたばかりである。

「まあ、法眼屋敷からというので、どなたかと思ったら」

「いや、実は、その……」

武光は苦笑し、雑巾を丁寧に折り畳んで市兵衛に返した。

「玄哲先生の医塾に顔を出すうち、剣術よりそちらが面白くなりましてね」

「まあ、いつからですか」

「かれこれ三年になりますか」

お瑛は切れ長な目を瞠り、武士にしては色白で末成《うらな》りめいた顔を見つめた。

「では、江戸に出て来て間もなくじゃありませんか」

「いやァ、剣術の修業で来たのに、面目ないです。しかし、もう剣術の時代じゃないって気がしましてね、最近はあの法眼屋敷に、宿まで移しましたよ。そんなわけで、今日は玄哲先生の使いで参ったのです」

お瑛の驚きを尻目に、懐から小さな布袋を取り出して差し出した。

「この布袋に覚えはありませんか」

「あっ、これはうちで売ってる物ですわ。ご覧なさいまし」

店を入ってすぐ横の台に、小物を山積みした籠がズラリと並んでいた。美しい花柄の縮緬《ちりめん》で作った化粧入れ、暖簾、藍染めの手拭い、浴衣地の鼻緒、そして藍染めのこの御護り袋……。

「これは、この夏の藍染め展のために、うちが特注した物です」

神社仏閣にお詣りした後は、たいていおみくじや御護りを買って帰る。そこでそれを肌身離さず持ち歩けるよう、美しい染め布で袋を作り、紐を通して安価で売ってみた。

中には蜻蛉屋の名を印刷した台紙を入れておき、護符と入れ替えるなり、大事な人の名を書いた紙を入れるなり、勝手に使って……。

そんな売り口上がきいたか、新し物好きの若い娘たちに好まれ、ちょっとした流行になっていたのだ。

「これがどうかしまして？」

「最近死んだ、さる人が身につけておりました」

お瑛はハッとした。

手に取って改めると、なるほど水に浸かった後らしく、形が少し歪んでいる。中には台紙が入っていて少し水にうろけているが、印刷の字は蜻蛉屋と読める。

「それ……お粂さんですね？」

「あ、ご存知でしたか。早いなあ」

「客商売ですから」

「やっぱり、ここで買ったのですね」

「…………」

お瑛は黙っていた。老女は買いはしなかった。エビのように曲がった腰を振って出て行く時に、籠から袋をひょいと掠め取ったのだろう。

「玄哲先生が遺体を改めたところ、手にこの藍染めの袋を握りしめているのが見つかったのです。蜻蛉屋の名を見て、驚きました」

「それはどうも……」

お瑛は頭を下げる。

「河原崎様、お客さんもおりませんし、どうぞここにお掛け下さいましな」

「は、では失礼して」

こうした女物の店は初めてなのだろう、居心地悪そうにおそるおそる上がり框に座った。腰にはたぶん竹光であろう刀をさしているのを、お瑛は微笑して眺めた。

「あの、つかぬことをお訊きしますけど、噂ではお粂さんは落ちたんじゃなく、落とされたとか……それで何かお調べでも？」

「や、早いですねえ」

感心したように武光は言った。

「いや、調べるなんて、そんなご大層なことではありませんが、玄哲先生がちょっと気にしておられて……。番屋は何も調べませんからね」

法眼屋敷の下女が近くの掘割に浮かんだ、と報せがあって、引き取って来たのはこの武光らだという。

弟子たちの前で、玄哲は自ら死体を丹念に検《あらた》めた。

「死体は水を呑んでおるから、落下した時は息があった」

まずそう言ったが、手に袋を握っているのを見つけ、

「偶然に落ちたわけではなさそうだ。落ちるまでに一瞬の刻があったね。……とすると自分で飛び込んだのか」

興味を覚えたらしく、玄哲は弟子を連れて現場に足を運んだ。

掘割は澱みつつも微かに流れており、お条のものとおぼしき提灯と草履が落ちていた場所より下流に、死体は浮かんでいた。

落ちた場所を確かめると、堀の壁には傾斜があり、ここから足を踏み外したり飛び込んだりすれば、下の草むらに落ちるはずだった。

真下には草むらや小さな灌木が繁っていたが、遺体には、打撲の傷も灌木の引っ掻き瑕もなかった。

ゆえに玄哲はこう推察した。

「可能性は二つ、下まで石段を降りて行ったか、ここから放り投げられたかだ。だが真っ暗で急な石段を、腰の曲がった老女が、提灯なしで降りるかどうか。しかも死の

うと決意した者が、護符も入らぬ空袋を握りしめるだろうか」

「では何者かに抱え上げられ、恐怖で思わず握りしめた……ということでしょうか？」

「というより、抱えられた時、とっさに何かを伝えたくてその袋を握ったのではないか。そう先生は疑ったのです」

蜻蛉屋とは何だ？　この袋にはどんな意味がある……。玄哲はにわかにそう質問したという。

「そこで私が代表して、ここへ馳せ参じたような次第であります。今の話に、何か思い当たることはありませんか」

「さあ」

想像もしなかった展開に、お瑛は胸が潰れていた。

「思い当たることなんて……」

「しかしお粂さんは何故ここに来たのです？　前からこの店を知っていたのですか」

武光が踏み込んだ質問をした。

「ああ、そうですね、それを申し上げないといけません」

お瑛は頷き、一部始終を話した。お粂が店に現れた日のこと。この地で養父が長く営んでいた骨董店『蓑屋』に、お粂は客として来ていたらしいこと。

「ではお粂さんは、蓑屋のつもりで、ここに訪ねてきたと？」

「しばらくご無沙汰していた店に、ふと思いたって来てみた……そんなことじゃないかしら」

「とすると、あの袋は、蓑屋を意味したということ？」

「そうしか思えません。たぶんお粂さんの中では、うちは蓑屋だったでしょうから」

「しかし、蜻蛉屋を知らなかった玄哲先生は、たぶん蓑屋もご存知ないんじゃないかなあ」

武光は首を傾げて呟いた。

じっと考えていたお瑛が、ややあって言った。

「あの、私ごとを少し伺っても構いませんですか？」

「どうぞ遠慮なく……」

「いえ、お粂さんとは繋がりませんが。あたしは事情があって、五つの時に蓑屋の養女になったのです。実の父は、この店によく来ていたそうだから。その父は甲府勤番だったと聞いています。玄哲先生も甲府にいらしたことがおありでしょう。もしかしたら先生は、父を知っていなさるのじゃないかと……」

「ははあ、なるほど」

武光は意外そうに、お瑛の顔を見つめた。

「失礼ですが、お父上のお名前は」

「津嶋喜三郎と申し、二十五、六年前に甲府に、二、三年いたようです。今は行方がわかりません」

「そうだったんですか、それはどうも……」

武光はしきりに頷いている。

「いや、もしかしたら、うん、そうですねえ、何かその辺で繋がるかもしれませんな。早速先生に伺ってみましょう」

「あのう、ついでと申してはなんですが、もう一つお訊きしてもいいですか。先日、その橋の辺りで、誰かに追われておいでになりませんでしたか」

「やっ、あれを見られましたか」

武光は一瞬、顔を赤らめ、引き締まった口もとに苦笑を浮かべた。顳顬《こめかみ》を小指で掻きながら、少し早口で言った。

「いや、なに、あいつら、ただのゴマの蝿ですよ」

その時、年配の女客が下女を連れ、手拭いで髪の雨粒を払いながら入って来た。

武光は救われたように立ち上がり、腰の刀を直した。

「お邪魔しました。ぜひまた連絡しますよ」

暖簾から外を覗き、小降りになってきたと呟いて、蛇の目を広げてそそくさと出て行った。

五

法眼屋敷は門前仲町の増林寺にほど近い、大きな屋敷だった。

仙台堀川に沿って続く塀からは、色づき始めた木々の枝がはみだしている。花の季節には桜の名所かもしれない、と思うほど桜の木ばかりだ。

まるで無人のようにひっそりと静まり返っているが、この屋敷内には玄哲の医塾があり、多くの弟子が寄宿し、百人近い医学生が通って来るという。

お瑛は駕籠を返して門前に立ち、少し気後れして佇んだ。

あの翌日、思いがけなくも玄哲本人から、じきじきの手紙が届けられたのである。

そこには伸びやかな字で、用件のみ記されていた。

「話したきことあるにつき、まこと勝手ながら近々に、お越し願えまいか。なお在室は八つ半過ぎなり」

お瑛は驚いたが、心逸《はや》った。そこで、一日おいた今日を、訪問日として伝えたのだ。

門をくぐり、砂利に埋め込まれた飛び石を辿って正面玄関まで行き、案内を乞うた。

すぐ横の書生部屋から出て来たのは、あの河原崎武光だった。

あらかじめお瑛の来訪を聞かされていたのだろう。武光はにこりともせずに挨拶したが、目で笑いかけていた。先に立って長い廊下を案内する後に従いながら、つくづく不思議な人だと思わずにはいられなかった。

常次の家で会った時は貧しい素浪人に、日本橋の河岸で見かけた時は剣豪に、今は鍼灸を学ぶ医学生に、すっぽり嵌《は》まって見える。つまり何にでも見えるのだ。

奥の座敷で少し待たされた。

静寂が満ちているせいか、逆に遠い人の声や、遠くの廊下を近づいて来て途中で曲がって行く足音や、犬の鳴き声や、カーンという獅子威《ししおど》しの音がよく聞こえた。

やがてガラリと、隣りの部屋との境の襖が開いて、作務衣姿の小柄な老人が入って来た。

襖の隙間から、本が崩れんばかりに積み上げられた部屋が見え、そこに机があり、老人は先ほどからこの隣室にいたのだと悟って、お瑛は何がなし赤面した。待つ間、咳払いをしたり、廊下に現れた猫をかまったりしたからである。

「や、お待たせしました。玄哲です」

単刀直入に言う老人に、お瑛は両手を畳について、蜻蛉屋のお瑛と名乗り挨拶した。

「いや、どうかお平《たいら》に……」

頭はつるつるに剃り上げているが、鼻の下に髭を蓄え、目は強い光を放っていて、精悍な顔をしている。

玄哲は白い猫が膝に来るままに抱き上げた。

しかしその鋭い目はまじまじとお瑛に注がれている。驚愕したような不思議な目つきに射すくめられ、お瑛は竦《すく》みあがった。

「お瑛さんというそうだが、姓は津嶋でしたな」

「…………」

のっけから父の名を言われ、地中深く埋まっていた爆薬を、突然突き付けられたような戸惑いを覚えた。社交には長《た》けたお瑛としたことが、小娘のようにこっくりと頷いていた。

「ふむ、あんたが津嶋どののお嬢さんか。であれば、わしは、あんたに会ったことがあるぞ。甲府でな」

「えっ」

「津島どのを知ったきっかけは、その嬢ちゃんだった」

お瑛が驚くのを楽しむように、玄哲は続けた。

勤番士の住む役宅は、城内の二ノ堀と呼ばれる武家地にあり、花畑に囲まれた見晴らしのいい所だった。そこで津嶋喜三郎は、まだ幼い娘と、乳母や何人かの奉公人と暮らしていたという。

「その娘は可愛かったが、お転婆でのう。ある時、庭の木から落ちたと、父親が血相変えて連れて来た。医学所にわしがいて良かった、他のヘボ医者だったら、この娘の足は脱臼したまま、動かなくなっていたところだぞ。そう父親に言ってやったのだ。

すると父親は恐縮して、ははは……」

玄哲は急に思い出し笑いをした。

「後で甲州名産の蚫《あわび》の煮貝を持って来おってね。あれはえらく旨かったよ。はっはっは……」

「まあ」

鼻がツンときて、目がじんわりと湿った。

幼い頃、木から落ちた覚えがおぼろにある。

ボキッと嫌な音がして急に身体が浮き、みるみる地面が近づいてくる恐ろしい感じが記憶に残っている。誰かが駆け寄って来て、その顔を見て、ニッと照れ笑いをしたのだが、とたんにワッと泣きだした……。

「そんな記憶がございます」

「大きくなったものよのう。今日はよう来てくれた」

そこへ武光が茶の盆を持って入って来た。

「ああ、河原崎。おまえも同席しなさい」

玄哲は茶碗を手に取って、言った。

「おまえのおかげで奇跡が起こったよ」

「は、それは……」

「このお瑛さんの父上は直参旗本で、かれこれ二十七、八年前に甲府で親しかったのだ。互いに大酒呑みでよく呑んだよ。わしよりも一回りは下だから、まだ三十前だったろう……晴朗ないい武士でね、男前だった」

「そう言っていただいて、嬉しゅうございます」

お瑛は目を赤くして頭を下げた。

「いや、これは奇遇だ。ついてはぜひとも訊きたいこともあるんだが、あんたも同じだろう。先にそちらを聞こうかの」

「有り難うございます。ただ……」

あまりに突然の展開で、整理がつかなかった。

「父については何から何まで謎で……何を最初にお訊きしていいのか分からないほどでございます。でも、そうですねえ、まず知りたいといえば、父がなぜ甲府勤番を命じられたのか、その理由でしょうか。噂では、甲府行きは不良旗本の島流しとか、墓場とか言われているそうですけど？」

「……ふむ、確かに三十六里も彼方に飛ばされちゃ、江戸者には地の果てだろうの」

玄哲は腕を組んで、一呼吸おいて言った。

「甲府は幕府の要衝の地だが、山に囲まれた盆地で、夏暑く冬は寒い。山岳地帯には夜盗や山窩《さんか》が棲みついておるし、山里には武田の末裔が隠れ住んでおる。街道筋には甲州博徒が幅をきかせておって、まことに治安の悪い、剣呑《けんのん》な所ではあった。だからこそ治安のために勤番士が派遣されるわけだろう。しかし誰も行きたがらないから、勢い放蕩無頼のヤクザ旗本が、懲罰的に行かされる所になったのだよ」

「はあ……」

「しかし、甲府に行く誰もかれもが、江戸を追放された暴れ者ではないぞ。このわしが鍼灸を伝えるために行ったように、ある任務のために派遣される者も大勢おろう。津嶋どのはそんな一人であって、案ずるような人物でないことは、わしが保証する」

「どんな任務だったのでしょう」

「それについては互いに話したことはない。密命であれば、当然のことだ」

猫の背を撫でながら、思案する様子で言った。

「むろんおよその見当はついておったが……。実は今日はいい機会だから、そのことを話しておこうかと思う。あれからもう二十何年という歳月がたってるし、今さら秘することもなかろう。いや、知っておいた方がいいと思う。父上の名誉のためにも……お条の供養のためにもね」

「お条さんの供養？」

お瑛は思わず訊き返した。

玄哲は答えず、四方に誰もいないのを確かめるようにしばし沈黙してから、ぐっと声を低めた。

「ただあくまでも、ここだけの話にしてもらいたい」

「承知いたしました」

お瑛は息を呑んで、膝を正した。

「そう、今も言ったように、お粂をあのまま死なせたくないのだよ」

玄哲は茶碗を置き、遠い目をして庭を見た。

「そのためには、少し古いことを語らなければならん。当時、甲府の城には妙な噂が流れておった。わしは官医だった関係で、極秘のことが、耳に入りやすいのだ。時にはそれが迷惑でたまらないのだが」

その噂とは、誰かは知らぬ有力大名が、隠し金山を採掘していると……。そこに浮かぶ名は、幕閣や御三家あたりの大物だった。

「だが常識で言えば、金山はもう掘り尽くされておった。金がザックザック出たのは、信玄公がその武名を轟かした頃のことだ。金山が不況になり、黄金の山が崩れたから、武田は滅んだともいえるのだよ」

六

甲州は古くから、金の産地として有名だった。

それを開発したのが、甲斐武田氏である。

群雄割拠の戦国時代、武田氏が抜きん出た戦闘能力を誇り、織田信長に伍して中央をうかがったのは、甲府盆地をとり囲む甲斐の山々が、天文学的に豊かな金を産出したからだった。

　信玄は一代で、四十八万両の軍資金を費《つい》やしたと言われる。

　武田金山の主力だったのは甲州の北東部、大菩薩《だいぼさつ》領の北辺に位置し、多摩川上流沿いに広がる黒川谷《くろかわだに》である。

　その他にも一ノ瀬《いちのせ》金山、二ノ瀬《にのせ》金山、竜喰沢《りゅうばみさわ》、丹波山《たばやま》、牛王院平《ごおういんだいら》、下部《しもべ》湯之奥、金峰山《きんぷさん》など、何カ所も金山はあった。

　金掘りのために組織された武田の武士団は金山衆《かなやましゅう》と呼ばれ、黒川田辺《たなべ》党をはじめとして数多く、その家譜は代々伝えられた。

　かれらが山中に軒を密集させて住まう鉱山町は、〝黒川千軒《せんげん》〟〝湯之奥千軒〟などと言われ、金山景気に殷賑《いんしん》を極めた。

　だが信玄の死後、産金は減少の一途をたどることになる。

　やがて武田氏が滅んで、甲州は徳川直轄領となり、金山採掘は江戸勘定奉行の支配下に置かれた。

　隆盛を誇ったかの黒川金山も、元禄期に閉山となった。他に金、銀、銅を産出する山はあったが、これまでのように産出量は多くはなかった。

「……というわけで、そんな噂があっても誰も驚かなかった」

玄哲は茶を啜って喉を潤した。

「いや、その前に心ある者は、甲府の城の頽廃ぶりに驚いておったよ。外には盗賊がはびこり、内は風紀が乱れて、外憂内患を地でいくような状態だったのう」

もともと勤番士の多くは、出世の見込みも江戸に戻る望みもない、不良旗本のなれの果てである。昼から酒を呑む、博打を打つ、放蕩に耽る……やりたい放題だった。

「何しろ城によく泥棒が入って、堂々と財宝を盗んでいったが、下手人は捕まらない。士気の低下も甚だしかったよ」

注意すれば恐ろしい仕返しが待ち受けていた。

勤番士の長は〝勤番支配〟と呼ばれて二人いたが、かれらはしばしば不測の災難に見舞われた。それを恐れ、病気を理由に御役御免を申し出て、江戸に逃げ帰る例が後を絶たなかった。

「そんな所へ、江戸から赴任してきた男がおったのだ。〝財政立て直し〟〝風紀改善〟という名目だったかな」

玄哲は言う。

「勤番支配の下に組頭、その下にヒラの勤番士、その下に与力がおったが、津嶋どのは〝組頭付き〟というような役職だったと記憶する。見たところ、ヤクザ旗本でも札付きの遊び人といった風でもない。その上に小さな嬢ちゃんを、連れて来た。普通は江戸に残してくるものだが、母親がいないので不憫だと……。まあ、ことほどさように、どこから見てもお役をほどほどにこなす、安全無害の、のどかな男に見えた」

玄哲は笑い、猫を膝から下ろした。

「その役人は子煩悩で、山歩きが唯一の道楽だと公言し、非番になれば釣り竿持って、よく一人で馬を駆って山に入った。天気のいい日は、嬢ちゃんを連れて行くこともあった」

あっ、とお瑛は思った。

いつぞや、富士山の絵を描きに甲府に行った絵師が、その昔会ったことのある、父とおぼしき人物のことを話してくれた。山歩きが好きで、誰も知らぬ富士山の名所をよく知っていたと。

「だがわしには、うすうす見当がついていた。治療で本人に直接触れるから、重い任務があればすぐ分かる、凝る部位が違うでな」

玄哲は首のあたりを揉みほぐしながら、苦笑する。

「すべてが、密命を隠すための目くらましと考えれば、何もかも符合しよう。津嶋どのは、仮面を被った恐るべき男で、隠し金山の調査という重い密命を帯びておるのではないか。いつからか、そうわしは思うようになったのだ」

お瑛は子どもの頃、あちこちで美しい風景を見た記憶がおぼろにある。

自分は、目くらましのための存在だったのか？

山歩きの本当の目的は、金山探しだったのか？

「……存知ませんでした」

深いもの思いに沈んでお瑛は言った。

「では、父の失踪も……ええ、父は私が五つの時に失踪したのですが、その密命と関係があるのでしょうね」

「もちろん大ありだろう」

玄哲は強く言った。

「あの有能な津嶋どののこと。黒幕の名を探り当てたんじゃないかと思う。ただ間《ま》の悪いことに、わしはその直前に江戸に呼び返されたんだ。だからまことに申し訳ないのだが、甲府で何があったかよく知らん。黒幕の名も知らんのだよ」

「はあ」

肩の力が抜けた。

「江戸では公方様付きの奥医師となったから、人よりは情報の入る立場にあった。だが金山の話など、江戸城内ではまったく取り沙汰されなかった。ただ、ひとつだけ伝え聞いた話がある。津嶋どのが馬を駆って山峡部を見回り中、馬が暴走して谷に転落し、亡くなったと」

「…………」

「むろんわしはその情報を怪しんだ。甲府じゃ、そんな話はべつに珍しくなかったからね」

何しろ勤番支配や勤番士が災難に遭う例は、少なくなかった。

その多くは狩猟の途中で崖から落ちたとか、釣りの最中に深みにはまったなどというものだった。

「もちろんわしは甲府に問い合わせ、真偽を確かめた。その返事によれば、確かに津嶋どのは馬で見廻りに出たきり、消息を断ったということだった。一応、与力が附近を捜索したが、死体も見つからなかったと。それ以上調べようにも、遠い山中のこととてどうにもならなかった」

「では、ずっと、父は死んだと思ってこられたのですね」

お瑛がおそるおそる言った。

「あれから一度も現れない以上、それを信じるしかなかろう。今の今までそう思ってきた。わしがあんたに訊きたいのは、まさにそのことなんだよ」

「あたしがお訊きしたいのも、それなのです」

お瑛は首を振って言った。

「ただ、フラリと山中に出かけ、渓谷で足を滑らせて亡くなったというお話は、事実と違いましょう。父はあたしを江戸に連れ戻ってから、行方知れずになったのです。それからのこととは、とても思えませんから……」

「父上に連れられて江戸へ戻ったという記憶は、確かかね」

玄哲は強い視線を注いで言った。

「はい、あの日本橋の蓑屋に預け、あたしがよく眠っているのを見届けてから、いなくなりました。その後どうなったか、義父が事情を知っていたかもしれませんが、数年前に亡くなりました」

「では……」

とそれまで沈黙して聞いていた河原崎武光が、初めて口を挟んだ。

「津嶋死亡説はべつだん根も葉もない噂ではなかったわけですな。津嶋どのが城から消えたことが事実とすれば、そのような噂を、本人が流して消えたとも考えられます」

「そうそう」

玄哲は大きく頷いた。

「そこで例の粂女のことを語らなくてはならない。実は津嶋どのの消息を伝えてくれたのは、あのお粂なのだ」

「は、お粂さんが……？」

「あれが突然この屋敷に訪ねて来たのは、わしが江戸に戻ってしばらくしてからだ。ここへ移ってからだからね。お粂は艱難辛苦《かんなんしんく》し、半年がかりで甲府から江戸に逃げ帰り、わしに助けを求めたのだ」

「お粂さんも、甲府にいたのですか。一体何のために？」

「ふむ、あれは遊女屋の女主人だった」

一瞬、お瑛は軽い溜め息をついた。

お粂の顔を思い出そうとしたが、少し顔が長めで、目が吊り上り気味で、薄い白髪混じりの髪を櫛巻きにしていた……ぐらいしか思い出せない。

「ああ、いや、誤解しないでもらいたい」

玄哲は慌てて言った。

「条女がいたのは山中の鉱山町で、わしらが足を踏み入れる場所じゃなかった」

お条はこの深川の屋敷を訪ね来て、こんな話をしたという。

七

甲斐の山間の鉱山町で、お条は長く商売していた。

もともと江戸生まれだったが、二十代初めに、入墨のある無宿者の男の後を追って甲州の鉱山町に流れた。才次《さいじ》という名だった。

才次はそこで金掘りの頭《かしら》に収まっており、言い交わした仲だったにもかかわらず、不実にもすでに別の女と暮らしていた。

江戸に帰る路銀もなく、半ば当てつけでその町にとどまり、荒くれ相手に細々と酒色の店を始めた。

鉱山の町はやはり女と酒がすべてで、気《き》っ風《ぷ》のいいお条に人気が集まって、店は繁盛したのである。

女を何人も置くまでになって、自らは遣手《やりて》に回り、酒肴《しゆこう》にも得意の腕をふるった。

だが金が出なくなってその金山も閉山となり、行き暮れていたところへ、あの腐れ縁の才次がひょっこり現れた。奥の金山で一、二年稼いでみないか、と男は持ちかけてきたのだ。

「わけありのヤマなんでちょいと窮屈だが、実入りはべらぼうだぜ。おれは短期に稼ぐだけ稼いだんで、江戸に帰る」

その山はまだ新しくて遊女屋がないため、鉱夫が短期で山を下りてしまう。そこで、秘密を守れる筋金入りの女を探しているというのだった。

「おれは顔がきくから、おまえが行く気なら、渡りをつけやってもいい。二年で江戸に帰れるぜ」

〝江戸に帰れる〟の殺し文句に誘われ、入る決意をした。

現地に着いてから知らされたことだが、その金山はその昔、武田の残党が織田軍に追われて撤退する時、再起の暁のために坑道を潰し、そこへ至る山道をも徹底的に塞ぎおおせた、いわゆる〝隠し金山〟だった。

隠し金山や埋蔵金にまつわるそうした伝説は、甲州に多く伝わっている。大抵はあやふやな風評だったが、山里に隠れ住む武田の末裔から話を聞いて、それに目をつけた大名がいた。

秘かに人を差し向け、何年かの探索の果てに、ついに見つけ出したのである。極秘の入念な準備をすすめ、最近になって、短期の集中的な採掘を始めたものらしい。

もちろんその大名の名は誰も知らない。

主力になる鉱夫らは、口の固い武田金山衆の末裔から駆り出され、高給で雇われていた。入山も下山も目隠しさせられ、期限までは下山できず、期限がきて延長を望めば、給金が上がった。

住まいは蔦《つた》で覆われた廃坑や急拵えの掘立て小屋で、夜昼なく働いた。そんな荒涼たる場に、あの才次が慰安婦を招じ入れる役を担ったのだ。

お粂はとりあえず一年の約束で、三人の若い女を連れて入った。

天然の洞穴を利用した住まいは、いかにも〝娼窟〟という感じだった。だが大小で三室あり、空気窓もあれば炊事場もあり、滝を利用した風呂もあった。

長くいる所ではないが、洞窟のすぐ周囲で芹《せり》やキノコや蕗《ふき》などの山菜を摘めたし、近くの沢に下るだけでヤマメやイワナが釣れた。豊富な山の幸に囲まれて、そこそこ暮らせないこともなかった。

お粂は自分らの飯炊きを引き受け、やって来る男たちの酒肴も作った。実入りは確かにべらぼうに良く、大事にもされたから、約束の一年がたった時は、ためらいもなくあと一年の延長を決めたのである。

そんなある時のこと。

いつものようにお粂は、近くの沢に山菜を摘みに出かけ、思いがけないことに遭遇した。怪我で身動き出来ずに倒れている若い侍を、偶然見つけたのである。

問うてみると、山中で道に迷い、馬を繋いだ場所に戻れず、うろつき回るうちに足を滑らせて谷に滑落したという。

診てみると、足首の捻挫だった。

お粂の頭に、秘密保持の考えがよぎらないではなかったが、それほどの忠誠心があるわけでもなし、見捨てるわけにもいかず、出来るだけの応急処置を施した。熱冷ましの薬草を探して揉んで患部に貼付け、枯枝を探し、身につけていたけばけばしい真っ赤な襦袢まがいの小袖を裂いて、足に添え木した。

それから懸命に上まで引っ張り上げ、地理には不案内ながら、武士の記憶を辿って何とか馬の場所まで導くことが出来たのだった。

「姐さん、この辺の人か」

別れ際に武士は、怪しむように言った。お粂は色の派手な小袖に、襷がけ、裾端折りで、手作りの草鞋を履いているのである。

質問には答えず、お条は逆に訊いた。

「お侍さん、御城の人かね？」

「…………」

武士もまた沈黙し、じっとお条を見ている。

一瞬睨み合う恰好になった。

お条の櫛巻きにした簡単な髷、襦袢めいた派手な小袖は、こうした山中ではどうみても遊女屋の女にしか見えない。

一方の武士は身拵《こしら》えがいかにも軽装で、一見して旅人ではなかった。そもそも普通の旅人なら、こんな脇道にそれないだろうし、奥まで入り込むこともないだろう。おまけに深刻な様子であり、〝地図にはこの辺りに集落はないはずだから、もしかしたら隠し金山かもしれぬ。そうであれば、自分は生きて帰れぬかもしれぬ……〟と考えているような顔だった。

「いいんだよ、お侍さん」

お条が先に言った。

「あんたが誰であれ、助けないわけにゃいかないだろ。道を間違えずにちゃんと山を下りておくれ」

「恩に着る。世話になったな」

武士は言って、思い詰めたように懐から一分銀を出して渡そうとした。お条が首を振って押し返すと、こう言った。

「いずれ、助けが必要になる時が来るかもしれぬ。その時は城の医学所に、鍼灸の医者を訪ねて来るがいい。わけを話せば、私を呼んでくれよう。城門を通り抜けるのは難しいが、門番にこれを渡せば簡単に通してくれる」

これはその通行料だ、というのである。


娼窟が火事に見舞われたのは、お条が武士と出会って五日もたたぬ未明だった。寝入りばな、煙を吸い込み、窒息しそうになって目を覚ました。

「火事だっ、起きなよ、火事だっ……」

お条の叫び声に、正体もなく寝入っていた三人の女は飛び起きた。

昨夜は、泊まり客はいなかったのだ。お条はまだ少女の面影を残す十五歳の女の手を引いて、出口から外に飛び出そうとした。

だがどうしたことか、出口は枯草で塞がれていて、内に向かって猛烈な火を噴き出している。何が何やら分からぬまま、勝手口にしている別の出口に走った。

だがそこも同じだった。洞窟の回りにはぐるり、枯草が積まれて燃えさかっている。

誰かが自分たちをここに閉じ込め、焼き殺そうとしている。

そう悟った瞬間、髪が逆立った。あの武士の顔が胸を掠めた。あの者を助けたのがいけなかったか。

お条は三人を集めた。

「いいかい、皆でここを掘るんだ。その先は、しっかりあたしについておいで。逃げる途中でバラバラになっても探さない。もしあたしが遅れても、自分だけお逃げ」

洞窟はさらに奥に続いていたが、そこへ通じる口は、石を積み上げて塞がれていた。

その壁の向こうに通路があるはずで、それがどこに通じるかは全く分からなかった。

実はこの壁のことは、お条をここに連れて来た腐れ縁の才次が、別れる前の睦言ついでに、こっそり教えてくれたのだ。万一、山賊に襲われた時は、それを壊せば秘密の抜け道がある……と。

どうやら、この慰安所の建ち上げにも一枚嚙んでいたらしい。

まさか、それがいま役立つとは思いもよらなかった。

皆で十能《じゅうのう》や金槌を手にし、気が狂ったように壁を崩した。

お粂は蠟燭や火打石を、一人ずつに持たせた。さらに岩場を逃げるために草鞋まで履かせた。

壁が崩れると、不気味な黒い口が開き、闇が奥に続いているようだ。先頭に立ってお粂はひたすら奥へと進んだ。追いかけて来た炎と煙は、どこかを曲がった辺りで消えた。

あちらを曲がり、こちらで引き返し、昇り下りし、とうとう滝の裏に出て、ひんやりした外の空気を吸うことが出来た。だが後に続く女は二人になっていた。

引返すことは出来ない。

戻れば、自分も潰《つい》えるのが見えている。

すでに朝になっていて、三人で必死で山中を下った。一人は裸足で草鞋を履いておらず、一人は腕に火傷を負っていた。しかし誰かが倒れても振り返らず、日が暮れて峠から甲府の町の灯りを眺めた時は、お粂は一人になっていた。

さすがにその時は、すべての事情が読めていた。隠し金山の秘密がばれそうになって、手はずどおりの隠蔽《いんぺい》工作が行われたのだと。

おそらく城に帰ったあの武士が、金山の摘発に動き出したに違いない。それをいち早く察知した採掘主は、鉱夫らを逃し、秘密を漏らしそうな遊女らをあの洞窟で処分したのだ。

緊急の際は、そうする仕組みに決っていたのだろう。

(初めからそれを承知で、才次はあたしを売ったんだ)

今にして悟ったが、涙も出なかった。

無事に期限がきたところで、どの道、生きては山を出られなかったのだ。自分を売って、あいつはいかほどの金を懐にしただろう。

これまでもさんざん売り上げを奪ったひも気取りの男だったが、別れ際にポロリと逃げ道を囁いたのは、ケダモノ同然の極道にも、さすがに一片の良心があったということか。

八

「……粂女はその夜遅く、わしを訪ねて来たよ」

すでに玄哲はその夜、山で足を痛めて戻った津嶋喜三郎を治療していたから、いずれ女が訪ねて来るのを知らされていた。

「津嶋どのは、山中での遊女との出会いから、いち早く隠し金山の存在を察したのだ。

江戸に報告してすぐにまた山に入り、正確な場所を突き止めた。その過程で、敵方に知られたのだろう」

玄哲は言った。

「あいにくわしは江戸に発つ日が、翌日に迫っており、身辺整理や挨拶に忙しくて何も聞かずじまいだった。ただ女も江戸に向かうらしかったから、同行を薦めたが、危ないから甲州街道は通らないという。津嶋どのは、路銀のため女に金や着物を与えていたようだ。そうそう、大事にしていた骨董類まで与え、日本橋の何とかいう店に持って行けば換金出来る……などと世話を焼いておったのう」

玄哲はその翌日、江戸に出発した。

その後、お粂がどうなったかは知らない。

玄哲が推察するに、津嶋喜三郎は隠し金山のことを、緊急に江戸の上司に報告したはずである。

にわかに、身辺に危険が迫るのを感じていたことだろう。

まずはすぐ娘を城下のどこかに避難させたが、自らも危険に迫られ、おそらく江戸からの指示を待たずに、いつものようにフラリと役宅を抜け出し、そのまま戻らなかったのではないか。

山峡を徘徊中に谷に落ちたように細工し、秘かに娘を連れ出して、この盆地の町から、命からがら逃亡したことだろう。

「これが、津嶋どのと条女に関して、わしが知るすべてだ」

玄哲が話し終えた時には、庭に夕闇が漂い始めていた。

沈黙が座を満たした。

「……わしは、ぼろぼろになって訪ねて来たお条を飯炊きに雇い、屋敷に住まわせた。あれはすべてを忘れたように奉公してくれたが、あの歳で火付けをするようになって、わしは不憫でならん。洞窟で死んだ女たちの亡霊に、未だに付きまとわれているんじゃないかとね」

沈黙を破って、もの思わしげに玄哲が言った。

「……父の消息について、お条さんはたぶん父に言われたとおりに嘘を伝えたわけでしょう。でも本当はどうなのでしょう。父がどこに逃げたかは知っていたのでしょうか？」

お瑛が言った。

「はて、それはどうだろう。わしは商売柄か、あの女には徹底的に信用されなかったからね」

　玄哲は首を振って苦笑した。

「ずっと面倒見てきたつもりだが、わしが公方様のお膝元にいるため、信用できなかったのだろう。わしが漏らせば一発だ。騙されながら生き抜いてきたああした女には、そんな怖さが身に沁みているんじゃないか。足がつくのを恐れてか、蓑屋の名すら、教えてもらえなかった」

「まあ」

　お瑛は何度めかの大きな溜め息をついた。

　すると武光が言った。

「先生、お粂さんを掘割に放り込んだやつは、その金山の黒幕でしょうかね」

「それはわからん。火付けを恐れた町衆かもしれんが」

　玄哲は腕を組んで言った。

「だがこれだけ歳月がたっていても、その大物は生きておる可能性がある。たぶん江戸城のどこかにな……。粂女は屋敷から遠くへ出ることはなかったのに、ここ一年ばかり遠出をするようになった。それで騒動ばかりを起こしておったから、或いはどこかで、警戒網に引っかかったかもしれん。秘密の目付が、町にはうようよしておったからな」

沈黙がふりかかった。

遠くに多くの足音が行き交っていた。そろそろ夕餉の時間なのだろう。

「それにしても……」

と玄哲が言った。

「粂女ほど男運の悪い女をわしは知らないが、最後にいい男と出会えたと考えれば、幾らか気が休まるよ。あのすれっからしが、津嶋どのの秘密だけは、死ぬまで守り抜いてあの世に持って行ったんだからな」

武光に送られて家に帰った時は、すでにとっぷり暮れていた。

お瑛はすぐに自分の部屋に入り、お粂がいつぞや持って来たびいどろの欠片《かけら》を、取り出した。

これはもしかしたら、父がお粂に渡したものの、最後の一片ではないだろうか。

帰る道中、そんなことをずっと考えていたのである。

たぶんどこかで壊れて粉々になったため、その一塊を保存していたのだろう。そのうち昔の記憶の断片がふと甦り、何かの思いに駆られて、嚢屋に持って行ったのではないか……。

お条の頭に去来した思いがどんなものか、お瑛には分からない。

ただそれが、決して幸せとはいえぬ生涯を送ったお条の、ただひとつの光明だったのではないか。ひいてはそれが、父がお条を介して自分に託した、唯一の形見であるように思われてならなかった。

第五話　乱れ三味線

一

「あんた、そんなぐずぐずしてていいの」

台所から、女房のお時《とき》の声がする。

縁側の日溜まりに座り込んだ三十次《みそじ》は、一人で碁盤を覗き込んだまま、返事をしない。

「そろそろ支度しないと……」

「分かってる」

三十次は浅黒い男前の顔をしかめ、長唄で鍛えた喉から、出来るかぎり不機嫌な渋い声を絞り出す。

（なら準備をおしよ）

と女房は言いたいのをこらえていた。

そろそろ弟子が来る時刻で、狭い六畳二間には、弟子用の赤い数枚の平座布団と師匠用の紫の座布団が敷かれ、見台《けんだい》が用意されている。

だが肝心の師匠はまだ寝間着のままで、朝から一度も三味線に手を触れていないのだ。

どこか疳症《かんしょう》で、気分がのらないと梃《てこ》でも動かない。しつこく言うと、ベランメエで怒りだすこともある。

これから来るのは、呉服問屋『相模屋』のでっぷりしたお内儀である。十年以上習っているのにいっこうに上達せず、師匠が口うるさく注意すると、

「そこまで言いなさらなくてもよござんしょう。あたしゃなにも、人様に聞かせたくてお稽古してんじゃありませんよ。楽しみでやってるんだから」

と二重顎を揺すって、言い返してくるのだ。

出稽古で行く大家の伝兵衛《でんべえ》に至っては、

「お言葉もっともだがな、なに、中村座市村座に出るってわけじゃござんせんよ。まあ、今日はこのくらいにして、師匠、チョイといかがです」

などと、到来物の珍しい酒を出したりする。

他所《よそ》に行ってくれ……と本来なら三味線を放り出すところだった。

しかし今の三十次には短気は損気、やる気がない弟子を破門にしていては、お飯《まんま》の食い上げになってしまう。

そんなもんよ、と腹を括《くく》るのが肝心なのだ。

それにこの二人は、三十次が市村座の舞台に上がっていた頃からの、古い贔屓《ひいき》筋だった。

伝兵衛は大家の特権をふるい、師匠の部屋の隣り近所の店子《たなこ》を、商家づとめの独り者でかためてくれたほどで、おかげで周囲は、空き家のように静かだった。

師匠夫婦は、この六畳二間をせっせと掃除し、隅々までチリひとつないほど磨き上げ、猫の額ほどの裏庭に菊を丹精していた。

ごみごみして薄暗いこの不潔な長屋で、奥の師匠宅だけは、まるで利休《りきゅう》の茶室でも引っ越して来たようだった。

七年前までは、人形町の黒塀に囲まれた粋な家に住んでいた。

三十次は杵屋《きねや》門下の高弟であり、歌舞伎の三味線方として市村座に出ずっぱりの売れっ子だった。

　弟子も取っていたが、その誰もが一人前の三味線弾きを目指してしのぎを削ってお り、たとえ厳しく叱っても、むしゃぶりついてくるような気魄を感じたものだ。

　三十次は天才肌と言われて早くから頭角を顕し、その撥《ばち》さばきの鋭さと律動感、音色の深さと艶かしさは、右に出る者はいないと評判が高かった。

　それでも同輩や先輩と、火花を散らすようにして芸を競い合い、芸を磨いてきたのである。

　それが、ある事件から杵屋門下を破門され、市村座を下りざるを得なくなった。弟子は半減し、収入は十分の一に減って、家の家賃すら払えなくなった。

　その時、小網町の長屋の奥を提供すると申し出てくれたのが伝兵衛で、まさに地獄にホトケだった。

　三十次は有り難く受け、家財道具をあらかた売り払い、夫婦の着物の入った仙台簞笥一棹《ひとさお》と、食器と、三味線一式を持って引っ越して来た。

　三十次に、一抹の後悔がないといえば嘘になる。だがもう一度あの時点に立ち帰ったなら、また同じことを繰り返すだろう。

　苛烈な芸のしのぎ合いに敗《ま》けたのではなく、この世界の理不尽さに敗けたのだと思う。

姓を杵屋から藤屋と変えて、町の一介の三味線師匠となったのは三十九の時だった。

それを知らない贔屓筋に、道で会って、よう杵屋さん……などと声をかけられると、腕を振って、

「いや、もう杵屋じゃない、藤屋だよ。名は元のまま三十次だが、歳はもう追っ付け四十路《よそじ》だよ」

としゃれのめしたものだ。

今はすでに四十六。芸人としては油の乗り切る年齢だ。

だが町人の道楽に付き合うのは、骨が折れる。

芸を生業《なりわい》にしようとする者の稽古とは、気の入れ方がまったく違う。気を入れるより、抜く方が難しいのだ。

そんな当たり前のことが、最近になって漸《ようや》く身についてきた。

無駄にカッカするな。

それが人生の半ばを過ぎた三十次の、座右の銘である。

ようやく重い腰を上げて着替えを始めた時、誰かが玄関に来たかと思うと、お時が

振り返って言った。

「……今日は相模屋さん、お風邪でお休みですって」

「そうかい、そりゃ気の毒だ」

口とは裏腹に、三十次は急に生き生きと甦った。

次の弟子が来るまで、半刻（一時間）余りがポッカリ空いた。ささやかな開放感から、外の空気を吸いたくなった。

「じゃ、ちょっと一息入れてくる」

雪駄《せった》を突っかけて外に飛び出すと、秋日和の暖かい陽射しがさんさんとふり注いでいる。木戸を曲がったとたん、三十次ははっと足を止めた。

小走りに来た女と鉢合わせしそうになったのだ。

「あら、師匠……」

先に言ったのはお瑛の方である。

「なんだ、お瑛さんじゃないか」

「なんだじゃありません……師匠こそお風邪を召していたのでは？　今お見舞いに伺うところでしたのよ」

「いや、このとおり、ピンピンしてどこも悪くない」

訝《いぶか》しげに三十次は言った。

お瑛は杵屋の頃からの弟子だったが、蜻蛉屋を始めて店が忙しくなってから、しばらく休んでいる。

だが家が近いこともあり、こうして小まめに寄っては、季節のものを届けてくる。

今も、柿を盛った笊にキノコ類を詰め合わせ、風呂敷で包んで下げていた。

「まあ、そうですか、それはようございました」

お瑛も少し怪訝な顔で言った。

「ご無沙汰ばかりで本当に申し訳ございません。なかなかお稽古に伺えませんで
……」

「いや、結構なことだ。商売が左前になって三味線に復帰されても、喜んでいいかどうか分からんじゃないか」

三十次は笑い、振り返って言った。

「中で茶でも一杯どうかね」

「とんでもございません。これを届けてすぐ帰るつもりでした」

「じゃ、それは有り難く頂戴して、少しその辺まで送って行くか。久しぶりにいい天

気だ」

二

　二人は、紅葉した落ち葉が積もる掘割沿いにぶらぶら下って、堀江町から日本橋川に出る。

　土手には芒《すすき》の穂が揺れて、紫色の野菊が群生していた。

「しかし、どうしておれが風邪だと？」

「……実はあたし、昨日、小蝶《こちょう》さんに会いましたの」

　肩を並べて歩いていて、お瑛が言った。

「師匠が風邪でお具合が悪いと、小蝶さんから伺ったんですよ」

「小蝶か……」

　三十次は苦笑して言った。

「そういうことだと思ったよ」

　実は二、三日前、材木問屋『山形屋』の招待で、柳橋の料亭に招かれたのだが、そのお座敷に芸妓の小蝶が呼ばれて来たのだった。

小蝶は微かに上方《かみがた》の訛《なま》りがある女で、上方で三味線の修業をしたといい、抜群に上手《うま》かった。

三十次の古い贔屓筋の山形屋は、三十次を招く時はいつもこの小蝶を呼ぶ。上方と江戸の対決だ、と面白がっていつも三十次にも三味線を持たせ、連弾しろと持ちかけるのだ。

だが三十次は、ツンテンシャン……と軽く撥を動かすのみで、決して弾かない。昨夜も、風邪気味だからと断った。

それも大げさにわざと咳をし、ふらついてみせ、挙げ句には、ああ、酔った酔った……と千鳥足を踏んで、酔っぱらい踊りまで披露した。三十次にはその方がよほどましなのだった。

酒席で、三味線を強いられるのが嫌なのだ。

それ以上に、小蝶の三味線も好きではない。

初めて山形屋から引き合わされ、その三味線を聞いたのは半年ほど前のことだ。

三十次は、小蝶の美しさに息を呑んだ。

撥を持ち三味線を操る姿は、いつまでも見とれていたい一幅の浮世絵だった。声にも張りがあり、色っぽかった。この小蝶を見て、そそられない男はいないだろう。

正直な話、三十次もそそられた。何とかものにしたいと思わずにはいられず、今も憎からず思っている。

だがその美しい姿から奏でられる音色は、何故か受け入れがたい。おそらく三十次ほどの三味線弾きでなければ、気がつかない類いのことだろう。

何と言うか、邪心が感じられるのだ。

邪悪な何かが、漂ってくるのだった。

「小蝶は、お瑛さんとこの常連なのかい」

三十次は腕組みをして言った。

「ええ、常連というほどではございませんが……」

帰りに地蔵様に供える野菊を摘みながら、お瑛は言った。

「でもよく来て下さいます。ああ、あの小蝶さん、師匠に一度三味線を指導していただきたいって。けど、嫌われてるみたいで……と嘆いておられました。でもそんなこと、まさかでしょう？」

「ははは……もちろんまさかだよ。あんな別嬪を嫌うやつの顔が見たい」

「ほほほ……」

お瑛は笑って言った。

「今度そのように申し上げておきましょう。では、あたしはここで失礼いたします」

江戸橋の辺りでお瑛と別れ、今来た道を三十次は引き返した。

小蝶はこちらの気持ちに勘づいている、と三十次は思った。

さすが勘がいい。

神田の大店の娘に生まれ、恵まれた少女時代から、琴と踊りを習わされたという。だが幼い時に店が破産し、家族はちりぢりになり、小蝶は上方の親戚に引き取られた。いずれは芸で身を立てようと、上方でも三味線を習い続けたという。

早くから芸事に馴染んでいるから、勘がいい。自分の音色に流れる濁りも、気がついているかもしれない。

もしかしたらあのもやもやは、小蝶の不幸な境遇から生まれてくるものか、などと考えながら帰路を辿った。

それから数日後のことである。

出稽古を終えて夕方家に帰ると、女房のお時が待っていたように言った。

「あんた、今日の昼、中村座からお使いが来たわよ」

「え……」

中村座と聞いて頬をこわばらせ、着替えの手を止めた。

「中村座から何と？」

「さあ、それは聞いてません」

お時は夕餉の膳を整えながら言った。

その声は心なし弾んでいる。

「ともかく近々に、猿若町《さるわかちょう》まで来てほしいと……。座元が会いたい、と言いなさってるそうよ」

中村座の座元は、中村勘三郎《なかむらかんざぶろう》だった。

三十次が現役で活躍していた頃は、中村座は近くの堺町にあったのだが、天保十二年の焼失を機に、水野《みずの》様の御改革によって江戸も外れの猿若町に追いやられた。

老中水野忠邦《ただくに》は、このけばけばしく淫蕩な芝居を忌み嫌い、市村座、河原崎座とともに、三座の芝居小屋を辺鄙《へんぴ》な浅草の奥に封じこめた。

どうやら衰退させるのが狙いだったようだ。

だが新しく作られた芝居町は、浅草寺《せんそうじ》の参詣の足と結びついて、息を吹き返した。

隆盛しつつある芝居人気は、幕府の意図に大きく反したものだろう。

「はて、今ごろ何だろう」

三十次が歌舞伎座から引いて、すでに七年たっている。

「そりゃ、お呼びがあった以上、悪い話じゃないでしょう」

「…………」

三十次は胸のときめきを隠せなかった。

それでも平静を装って膳につくと、お時が酌をして酒をすすめた。

「お声がかかるのが、遅すぎやしないかってあたしは思ってますよ。だいたいね、あんたほどの人を放っておくなんて、宝の持ち腐れというか、業界の損失じゃァないか」

「そうかい」

三十次はぶっきら棒に言った。

「そうですとも。杵屋を恐れて、仲介に立つ人がいなかったのが、いかにも残念な気がしてね」

「……まあ、おまえも呑め」

お時は、三十次より四つ上である。

目の醒めるような美人ではないが、色が抜けるように白くしっとりした色気があって、歳よりはるかに若く見えた。

実を言うと、このお時は、兄弟子《でし》の女房だった。

兄弟子の真次《しんじ》は、芸達者で政治力があり家元の信頼を得て、一門を牛耳《ぎゅうじ》っていた。ただ男前でよくもてるせいか、房事に忙しく、結婚当初から家を空ける夜が多かった。女房との連絡は、弟弟子に任せきりだから、いきおい三十次がしばしば顔を合わせることになる。

お時は優しくて、よく気のつく女だった。ちょっとしたことでも小遣いを渡してねぎらい、弟弟子をよく労《いたわ》った。

こんないい女をなぜ……、という同情が、いつか横恋慕《よこれんぼ》に変わった。嫁ももらわず、気がつくと三十代になっても独り者だった。

お時も薄情な夫から三十次に心を移し、いつしか二人はのっぴきならぬ仲になっていた。

それが真次にばれ、一波乱あって、お時は離縁された。夫婦の縁が切れてしばらくしてから、三十次の女房になったのである。

真次は〝もともと相性が悪かった〟と平静を装っていたが、弟弟子に女房を奪われて心穏やかなはずはない。

この弟弟子が、自分よりはるかに才能があり、世間の評価が高いのも面白くなかった。芸の嫉妬心が、女房寝取られで刺激されたのだ。

女房の不倫と、三十次の横暴を家元に訴えて同情を買い、何かとイジメや嫌がらせが続いた。

ある時、長唄の諸流派が出演する演奏会に公方様がお忍びで臨席することになり、張り切って稽古に励んだ。ところが当日貼り出された番組表に、なぜか三十次の名が抜け落ちていたのである。

世話役だった兄弟子に抗議すると、事務方の手落ちだが、番組に名前がない以上出てもらっては体面に関わる、と言う。

そんな馬鹿なことがあるか、と三十次は怒った。

だが三十次が演目を届けるのが遅れたことを理由に、相手は譲らない。カッとなって思わず手が出て、真次を殴ってしまった。

兄弟子に暴力をふるったとして家元は激怒し、破門を命じたのである。

一門の幹部は慌て、すぐに謝りに行くようすすめた。兄弟子と家元に頭を下げれば、取りなす術《すべ》もあると。

だが三十次は謝る気など毛頭なく、そんな理不尽がまかり通るならもう結構だ、とそのまま一門を脱退し、杵屋の名を返上したのである。

三

猿若町通りに入って行くと、手前の一丁目に中村座、二丁目に市村座、三丁目に河原崎座の順で並んでいる。

その芝居小屋は想像したより大きく、壮麗だった。

通りの両側には色とりどりの幟《のぼり》がはためき、太鼓の音や呼び込みの声が響いている。ぞろぞろと老若男女の見物人が通りを往来し、大変な賑わいだった。

初めてこの芝居町に足を踏み入れた三十次は、懐かしい太鼓の音に心躍った。この歳になって、若い時分と変わらぬ血の騒ぎを覚え何としてもこの舞台に出て演奏してみたいという、飢餓感のようなものに胸を焼かれたのである。

中村座の楽屋口から入ったが、もう三十次を見知っている者はいなかった。市村座の専属だったとはいえ、昔は木戸番の老人も若い衆も皆顔を知っていて、声をかけてきたものだ。

座元の部屋は奥まった所にあった。

三十次は案内を断って、舞台のお囃子《はやし》の音や、柝《き》の音、役者の声……を遠くに聞きながら、一人ゆっくり奥に進んだ。角切《すみきり》銀杏の中村屋の定紋の描かれた暖簾の前で、立ち止まる。

日頃から身仕舞は綺麗にしているが、改めて髪結で頭をなでつけてきた。紺地に浅黄の縞柄を織り出した唐桟《とうざん》に、博多献上の紺の角帯をキリリと貝の口結びに結んでいた。

「藤屋三十次でございます」

声をかけると、張りのある声が返ってきた。

「やあ、来なすったか。お入んなさい」

暖簾を割ると、一段高い畳の間に、木製の長火鉢に凭《もた》れるようにして座元は待っていた。

この人物には以前どこかで会っているが、十二代中村勘三郎になってから会うのは初めてである。

三十次より三つ四つ下のようだ。面長で華奢なその役者顔はまだ色気があり、さすがに風格があった。

「さ、どうぞどうぞ。寒がりで、火がないとどうにもいけません」

座元は長い顔に微かな笑みを浮かべて、煙管を手に取った。煙草が好きらしく、室内には煙の匂いがしみついている。

「いかがですか、最近は……」

「いや、ぼちぼちで、マシなこともありません」

言いながら、三十次は火鉢を挟んで向かいに座る。

「ただ、実は新しい芝居町は初めてなんですが、いやァ、賑やかなもんですな。正直、驚きました」

「でしょう?」

口をすぼめて笑い、フウッと煙を吐き出した。

「ここだけの話、水野様はいいことをしなすった」

この町は最近とみに活気づいているという。不入りと火事を繰り返していた以前の芝居が、今は嘘のようだ、と座元は機嫌よく説明した。

「……こうして師匠に来ていただいたのも、それと無縁ではありません。三座がこの町に揃ってるんで、お客はただの物見遊山でも来やすいし、ゆっくり楽しんでいけますよ。歌舞伎はもっともっと盛んになると思いませんか」

「はあ、どうもそんな予感がしますな」

「どうですか、師匠、そろそろ復帰なすっては」

「…………」

カッと頬が熱くなった。

やはりその話か。そう思うと胸の鼓動が早くなる。

「声をかけるのが遅すぎましたが、ご存知のように、火事やら引っ越しやらと重なって……」

座元は、煙管をポンと火鉢に打ち付けた。

「おまけに成田屋さんの事件もあったでしょう。まことにここしばらく、あたしらは多事多難……地獄の沙汰でござんした」

成田屋の事件とは、やはり水野様の御改革で成田屋市川團十郎《いちかわだんじゅうろう》の奢侈《しゃし》が咎められ、江戸追放になった事件である。

あの時は、他にも何人かお咎めを受けた役者がいて、歌舞伎界はすくみ上がり、このまま衰退に向かうかに見えたのだ。

「しかしおかげさんで、今は小屋も大入り続きでしてね。ようやく先が見えてきて、将来を考え、これからの人材を見直す気になりましたよ」

「それはようござんした」

「ですからね、師匠」

深く吸い込んで、ゆっくり吐き出す。

「いろいろ事情は聞いています。経緯《いきさつ》もありましょうし、ならぬ堪忍もおありでしょう。しかしもう過ぎたことじゃないですか。どうです、ここらで復帰の舞台を踏んではいかがですか。ええ、もちろんぜひうちでね」

「まことに有り難いお言葉で、痛み入ります」

三十次は目頭を熱くして、頭を下げた。

飛びつきたかった。だがすぐに飛びつくのも、あまりに切羽詰まって浅ましいような気がした。

「ただ、その……舞台を下りて少し時がたってますんで、果たしてあたしにやれるかどうか……」

「何を言いなさる、天下の三十次が」

もちろん、自信はいささかも揺らいでいない。弾く腕にも、聞く耳にも、自信は充分あった。

「少し考えさせてもらえませんか」

「むろん今すぐここでお返事を、というんじゃありませんよ」

座元は頷いて言った。

「ただ師匠のような名人を、宝の持ち腐れにはしたくない。あたしら座元には、そんな余裕はないですよ。すぐにも来ていただきたいくらいだ。お時さんとも相談しなすって、早いうちにいいお返事をお待ちしていますよ」

四

早くお時に聞かせたくて、三十次の足は飛ぶようだった。

話を聞いたら、泣いて喜ぶだろう。

あいつには苦労をかけてきた。お時は踊りの名取りでもあったから、一時は家で教えて、家計を支えてきたのである。ただあの家では狭すぎるため、今は出稽古だけを続けている。

浮きたつ思いで家路を急ぐうち、もやもやとした微かな疑念がふと胸をよぎった。

(座元は、現在の自分のことを何も訊かなかった。とすれば何を根拠に、この三十次の今の力量を信じ、復帰を持ちかける気になったのだろうか)

例えばおさらい会で三十次の三味線を聞いたとか、出稽古で教えている耳の肥えた誰かから推薦があったとか……。

不見転《みずてん》で復帰をすすめるほど、自分を信頼しているのか。

あれこれ考えるうちに、〝お時さんとも相談して……〟という言葉がズキリと胸を射た。向こうは女房の名前を言った。

いや、言って当たり前かもしれない。

お時は、中村座の座元とは遠い縁戚関係にあったのだ。前の座元の弟の娘だから、今の座元には従姉妹《いとこ》にあたる。

ただ三十次は、その再婚の相手であり、あれこれと世間に取り沙汰された結婚だったから、向こうの親戚にはほとんど近寄らず、取り立てて会うこともなかったのだ。

ちなみにお時の両親はもう亡くなっていた。

今日、座元に会ったが、自分は血の繋がらぬ遠い親戚だということを、今の今までまったく忘れていた。

だが相手はちゃんと覚えていて、〝お時〟という名前がすんなりと出たことに、多少の違和感を覚えた。

もしかしたらお時は座元に会ったのではないのか。亭主の窮状を見かねて、何がしかの頼みごとをしたかもしれない。

そうでなくてもお時は、三十次が自分のせいでつらい立ち場に追い込まれたことを、ずっと負い目に感じ、気に病んでいるのだった。

今、夫の再起のために動いたとしても不思議はない。

そう考えてみると、座元の言い回しが、どこかお時の言い方と似ていたように感じられてくる。〝声をかけるのが遅すぎた……〟〝宝の持ち腐れ……〟。

考えてみればお時は数日前、きちんと装って、古い友達に会うと言ってどこかに出かけて行った。特に相手の名を訊かなかったが、もしかしたら中村座に親戚の座元を訪ね、頭を下げたのではないのか。

だから中村座からの使いをことのほか喜び、復帰が決まったような口ぶりだったのだ。

最初はぽっちりと水平線上に現れた小さな黒雲のようだった疑念が、急にむくむくと広がり始めた。

急ぎ足が、別の目的でさらに速くなった。

一刻も早くお時に、真相を確かめたい一心だった。

「……お帰りなさい。お話はどうでした？」

三十次の帰りを、玄関まで飛び出して来て迎えたお時は、すぐそう問いかけて来た。

「ああ、おまえ、ちょっとそこに座ってくれ」

厳しい顔で言うと、お時は不安そうに畳に座った。

「まあ、怖い顔で、一体何でしょう」

「おまえ、事前にあの座元と会わなかったか」

突っ立ったまま、三十次は言った。

「えっ？」

お時は怯えた表情になった。

「あらかじめあの座元に会って、おれのことを頼まなかったかと訊いてるんだ」

「いえ、そ、そんな……」

「どうなんだ、会ったのか会わなかったのか」

口もきけないほど怯え、頭を振っている。

「会ったのか？」

「どうしてそんなことを」

「こっちが訊いている、会ったのか？」

「だから、なぜそんな……」

「会ったんだな、え、そうだろ？」

「ええ、会いました。それがどうしたの」

三十次は目の前が真っ暗になった。とたんにその拳が、お時の頬を打っていた。

お時は真っ青な顔で頬を押さえ、言った。

「会ってどこが悪いの。向こうから先にお話があったから……」

「なぜおれでなく、先におまえに話が来るんだ。おまえが頼んだからだろう」

「あんたが困ってたら、助けて当たり前でしょ」

「賢《さか》しらぶって、この馬鹿が！」

三十次は女房を蹴り倒し、畳に倒れたお時の腰や肩をさらに殴り、蹴り、悪鬼のようになって叫んでいた。

「おれは何も困っちゃいねえや。困ってるのはてめえだろ」

「………」

「女房に頭下げさせたと言われちゃァ、三十次の名が廃《すた》る。それが分からんか。女房の手引きで復帰したと言われちゃァ、芸人はお終《しめ》えだ。おれは芸を売って生きてるが、心意気まで売った覚えはねえんだ。長いこと芸人の女房やってて、そんなことが分からんか。そこらの長屋のかみさんだって、もうちっと気がきいてらあ」

「あんた……」

「ああ、やめだやめだ。中村座なんぞ、金輪際お断りだ」

言いざま奥の部屋に駆け込むと、箪笥の引き出しから有り金をそっくり取り出し、袋に入れて、懐にねじ込んだ。

それきり物も言わずに家を飛び出したのである。

五

その夕刻、三十次は柳橋のいつもの料亭で酒を呑みながら、ぼんやりと夕暮れの大川を眺めていた。

二階のこの座敷からは、とっぷりと暮れていく大川が美しく見える。河岸すれすれに下っていく屋根舟は、おそらく上流の向島あたりで、紅葉の夕景を楽しんで来たのだろう。

すっかり色づいた両岸の木々も、そろそろ散りだしているのに、川はまだ紅葉見物で賑わっている。紅葉が過ぎ、寒い冬になっても、雪景色を楽しみたいという酔狂な客が舟を出し、この川は寂れるということがない。

「小蝶さん、もうすぐみえますからね……」

女将はそう言って、下がったところだ。

芸妓を呼んだ上、渡り廊下で繋がっている離れに座敷をとったから、三十次一家が数ヶ月ゆうに暮らせる銭が、この一夜で出ていくことになる。

構うものか、と三十次は思う。

逆上しているせいか、銭勘定など破れかぶれだった。何もかも、もうどうでもいい。縮こまって生きるのはうんざりだ。

世の中なるようにしかならないのだ。どうせこのまま生きたところで、たいしたことになりそうもない。自分なんざ、長い人間の歴史の一粒のチリのようなもんよ。

そんなことを思いながら、酒をがぶ呑みしていた。

廊下に密やかな足音がして、小蝶が現れた時は、すでにかなり酒が回っていた。

「ようこそおいでなさいませ。この小蝶にお声を掛けて下さって、まことに光栄に存知ます」

脇に三味線を置き、畳に両手をついてうやうやしく頭を下げる。

頭を上げると、まるで白い芙蓉《ふよう》の花が開いたように、華やかに微笑んだ。

「今夜は師匠がお一人と聞いて、びっくりいたしました」

「そうだろうとも。貧乏な三味線弾きが、なぜこんな高級な茶屋にのこのこ現れたかと……」

「ほほほ、そんなこと。お勘定は、すべてこの小蝶にお任せ下さいましな。山形屋様に一声かければ、何もかも解決いたしますから。いえ、旦那様にそう言われておりますねん」

「いや、山形屋はいい。今夜は二人だけで、差しつ差されつしたくて来たんだから」

「まあ、嬉しゅうございます。でもどうした風の吹き回しでしょう、いつもずいぶん冷たいのに」

そこへ仲居が、酒と酒肴の膳を運んで来た。

「姐さん、料理が出たら、誰もここには近づけないでほしい。酒の追加の時は、その鈴を鳴らすから」

「はいはい、承知いたしましてございます。どうぞごゆるりとなさいませ」

仲居は心得たように笑って、出て行った。

三十次は、川に向かって開かれた障子をぴったり閉ざした。

「まあ、何でしょう今夜は……」

小蝶はくすぐったそうクスクス笑って、にじり寄る。

豪華な着物に噎《む》せるほど薫《た》きしめた香が、急に濃厚に漂って息苦しいほどだ。三十次はすでに血が昇っていた。

酒の酌をする小蝶の白いほっそりした手を握りしめ、グイと自分の胸元に引き寄せる。

「いけませんわ、師匠……」

抗《あらが》ってみせつつ上手に腕に抱きとられ、唇を吸わせた。

「ほんとに……もうだいぶきこしめしておいでですこと……」

言いながらも唇を預け、柔らかい舌を絡ませながら喘いだ。

三十次にしても、小蝶に触れるのはこれが初めてだ。女房以外の女の甘い舌も、久しぶりだった。

「今夜は三味線を聞かしてもらおうか」

「あらら……。あたしの三味線はお嫌いですやろ」

「いやいや、そんなことはない」

「それ、師匠流の口説き文句かしら……?」

「そう、今夜は朝まで帰さんぞ」

「嬉しいこと……」

「しかしまあ、少しは呑めよ」

片手で抱いたまま、片手で盃をその溶けそうな唇に運ぶ。

酒が白い喉を通り過ぎると、その白い首筋がほんのりと薄桃色に染まっていく。その喉から白い胸元にかけて、ゆっくり舌を這わせていった。

「いけませんたら、師匠……」

胸元深く舌をもぐらせ、手で着物の裾を割ってまさぐると、小蝶はもがいてその手を軽く叩いてみせる。

「そんなことをなさっては、お三味線が狂ってしまいます」

「今夜は狂え」

嫌がる口もとに盃を押しつけ、無理に呑ませる。

「では、あまり酔わないうちに……」

小蝶は三十次をそっと押しのけて姿勢をただし、襟元と裾を整えて三味線を引き寄せる。美しく構えると、撥を持たずに、まずは爪弾きで軽く唄いだした。

柔らかくて深い、弦の音だった。

唄う声も艶やかで色気があり、なかなかいい。

お互いに　知れぬが花よ　世間の人に

知れりゃ互いの身の詰まり……

外はすでに濃い闇が下りていて、この離れを黒々と包んでいる。
酒がいい具合に全身に回り、三十次は陶然としていた。小蝶の音
サビのきいた三味線の音色は、そんな気分にしっとりと染み込んでくる。
はこんなに良かったかな、と思った。
自分は食わず嫌いだったかもしれぬ。
それに気づかされただけでも、ここへ来て良かった。今夜、この素晴らしい女を抱
き思いを遂げることが出来る、と思うと久しぶりに幸せな思いに包まれた。
そのまま死んでも何の悔いもない……。

六

いつしか、中村座でのやりとりに思いが飛んでいた。
口をすぼめるようにして笑う座元の長い顔、妙に機嫌がよくて腰の低い態度……。
すべてがこの自分を哀れんで、見下《みくだ》しているように思われてくる。

お時からすがりつかれ、あれこれ頼まれて、やっと腰を上げる気になったか。それとも誰か倒れた三味線方の、一時のお代わりか。

金輪際、自分は出て行くわけにはいかぬ。

真次の色男らしいのっぺりした顔が目に浮かぶ。

今は家元の親戚筋の女と再婚し、一門の弟子の頂点に立って、売れまくっているらしい。

最近はたまに路上で出会っても、向こうから顔をそむけて通りすぎていく。遠くからこちらを見つけると、途中で路地に曲がってしまう念の入れようだ。

あの真次兄さんと決着がまだついていない……と酔いの回った頭でおぼろに考える。

自分は兄さんと決着をつけなければならぬ。

しきりにそう思えてならなかった。

自分は今夜この後、ここで死ぬ気でいる。

だが死ぬのは、真次を刺して決着をつけてからだ。そうだ、どうして今まで、そのことに気がつかなかったろう。

あいつの胸ぐらを摑み、思い切り突き立てる自分の姿が目に浮かんだ。ギヤアッと絶叫とともに虚空をつかむ真次の姿、辺りに飛び散る鮮血、ジャジャンジャンジャン、べベン、ベン……と太棹《ふとざお》の三味線をかき鳴らすような快感だ……。

ジャジャンジャンジャン、べベン、ベン……。

三味線がそばで鳴っている。

ハッとわれにかえると、小蝶が弾いていた。

少しばかり酒を過ごしたらしい。あの色っぽい小唄が終わって、パチパチパチ……と拍手したのを微かに覚えている。

いつしか曲は変わっており、燭台の揺らぐ灯りの中で、小蝶は撥を手にし、三味線を激しくかき鳴らしている。

ぶるんと頭を振り、耳に神経を集中した。

紅葉狩《もみじがり》だ……と曲が分かるまでに、少し時間がかかった。

とたん総毛だった。

それは鬼女の話である。

能で演じられる『紅葉狩』をもとに、上方の近松門左衛門《ちかまつもんざえもん》が歌舞伎にした『楓狩《もみじがり》剣本地《つるぎのほんじ》』に違いない。江戸ではあまり演じられず、一般には聞き馴れないが、それでも三十次は何度か聞いたことがあった。

京を追われ、信州戸隠《とがくし》山中で鬼女となっている紅葉という女が、紅葉狩りにきた平維茂《たいらのこれもち》に出会い、酔い潰れたところを鬼女の正体を現して襲いかかるという筋書きだ。

小蝶は目を半眼にして、一糸乱れずに弾き唄っている。

だがその声は熱を帯び、音は高くなっている。

その鬼気迫る迫力に、三十次は肌に粟《あわ》を生じた。

実際には小蝶は、端正な姿で目の前で弾いているのだが、何だか肩に乗られているように全身が重かった。美しいその顔も、鬼の顔と二重移しに見えてくる。

(やめろ、やめろ、おまえの三味線はこれ以上聞きたくない！)

そう叫びたかったが、何だか金縛りにあったようで声が出ない。どうしたのだ……。

渾身の力をふるって、手にしていた盃を小蝶にぶつけた。

盃は小蝶を逸《そ》れて畳に転がったが、驚いて力が入りすぎたか、ブツッと弦が切れた。

音は止んだ。

「やめろ！」

三十次はようやく叫んだ。

一瞬二人は睨み合い、小蝶が激しく問うた。

「どういうことでございます？」

「おまえの三味線には、鬼が棲んでいる！」

三十次は言った。

そう、やはり自分の耳は正確だった。

今しがた小蝶の三味線を聞いていて、自分は真次兄さんの殺害を思いついた。初めて、刺し違えて死のうと思ったのだ。

あの音色が、恐ろしい世界に自分を誘い込んだのか。

いや、そうではない。自分が心の底に封じ込めていた邪心が、あの音色で目覚め、引き出されたと考えるべきではないか。

深く抑えていた邪心が、あの邪音に共鳴したのである。

大きく見開き、じっと三十次を見ていた小蝶の美しい目から、ポロポロと涙が溢れ出た。

「そう言われたのは、これで二度めでございます。もう一人は、上方の私の師匠でございました」

言いざま、小蝶はそこに泣き伏した。

思いがけないこの成り行きに、三十次は言葉を失った。他にも見抜いた男がいたのか。

　三十次は息苦しくなって、障子を少し開けた。

　ひんやりした空気が流れ込み、それを吸うと、気分が少し回復した。真っ暗な川を跨いで、はるか対岸にポチポチと並んでいる柔らかい灯が見える。

「どうしてこんな曲を選んだんだ？」

　一息入れてから、三十次は言った。

「好きだからでございます」

「……おれの勘だがな、おまえは何か、復讐を考えてやしないか」

　三十次は思いつくまま言った。

　するとハッとしたように小蝶は顔を上げた。化粧がはげ落ちて、その下から真っ青な素顔がのぞいている。

「師匠は恐ろしいお方……」

「恐ろしいのは、おまえの方だろう」

　酔いも醒め果てた。

「まあ、いい。ともかく、ここへ来て呑み直そうや」

　小蝶は膳に戻って、酌をした。

その手がぶるぶると小さく震えていた。

落ち着かせるために肩を抱いてやると、小蝶はポツポツと、こんな話をしてくれた。

自分は神田の材木問屋に生まれ育ったが、幼い時に家が破産し、上方の伯父の家に引き取られた……。

破産の原因は、大火の火元とされたことである。

隣家も材木問屋で、北東の風の強い日の午前、火は隣家との境の垣根あたりから出た。両家とも火の元はその場所になかった、と主張し、お白州でもなかなか決着がつかなかった。

長い火元争いとお調べの結果、小蝶の家の年若い手代と隣家の女中が、その辺りで密会していたことが判明した。二人はそれを認めたものの、提灯は持っていなかったと、火元説を否定した。

だが認められなかった。

手代と父親は江戸所払いとなって、下総《しもうさ》に逃れ旅先で横死《おうし》。生計のため女中奉公に出ていた母はその報せを聞いて、大川に身を投げて夫の後を追った。歳の離れた美貌の姉がいたが、借金のかたに吉原に売られ、遊女二年めで病死。

小蝶だけが上方に引き取られて、生き残ったのである。

だがこの御指図《おさしず》には謎が残り、さまざまな噂を呼んだ。後になって確かな筋から聞かされたところでは、どうやらその手代と女中は隣家から相当額をもらって、因果を含ませられたらしい。

二人は今は夫婦となり、下総のどこかで青果店を営んでいるという。

「師匠にだけは、はっきり申し上げます」

女は最後に言った。

「あたしはこれまで、お隣りの材木問屋の主人と、うちの奉公人だった夫婦を殺すためにだけ生きて参りました。早く早くその時がくればいいと、それぱかり念じて……。その邪心を見抜かれて、好きになったお人から捨てられました。でもそれも覚悟の上です。江戸に戻ったのは、いよいよ復讐を実行するためでした。もう居所なんか、すべて調べ上げてありますわ……」

七

頭上をカモメが舞っていた。

未明に茶屋を出た三十次は、一人でぼんやり土手に腰を下ろしていた。いつ小蝶が帰ったのかも知らず、気がつくとここにいて、朝もやたなびく大川を眺めていたのである。

どんな一夜だったか、思い出せないほど疲労困憊していた。

打ち明け話を聞いた後、三十次は小蝶を抱いた。

だがそれは当初のように昂揚したものではなく、哀れみだったにすぎない。女があまりに可哀想で、せめて抱きしめてやらなければいたたまれなかったのだ。

或いは向こうも、死ぬ気でいる三十次を哀れんで、抱かれてくれたのかもしれない。

思い出してみたが、小蝶に復讐を止めさせるようなことを、三十次は何ひとつ言ってはいない。

やるならやれと思った。

ただ、こう言ったのは覚えている。

「復讐をやり遂げる気なら、三味線をやめろ。三味線で生きていくつもりなら、復讐はやめろ」

邪念は音に表れる。それを捨てれば、おまえは師匠としても立派に生きていける三味線弾きだよ。

そう伝わってくれたらいいのだが。

翻《ひるがえ》ってみれば、自分が情けなかった。

今まで何を意気がっていたのか。意気がっていたのは、邪念だらけの自分を隠すためではなかったろうか。

今は死ぬ気などすっかり失せ、持ち出してきた金もあらかた無くなり、軽くなった懐にはただ虚しさだけが残っている。


中村座でやらせてもらおうか、とふと思った。

どんな経緯であったにせよ、こんな自分を思い出し、声をかけてくれたのである。

女房が頼んだのなら、それでもいいじゃないか。

いや、実際にはたぶん頼みはしなかったろうと思う。亭主の気性を誰よりよく承知している女ではないか。

おそらく思い立ったのは中村座の座元で、下調べのため先にお時を呼び出して、身辺のことを問いただしたというのが真相ではあるまいか。

今なら素直にそう思える。

はからずも自分の邪心を見てしまった今、一から修業し直さなければならない、としきりに心が疼《うず》いた。

早く座元に会わなければならない。

お陽様が高く昇る頃になって、三十次はようやくそんな簡潔な結論に達し、腰を上げた。

今日も素晴らしい秋日和の一日になりそうな空だった。

第六話　泣き虫びいどろ

一

十月に入ったばかりの北風の吹く夜、十軒店の『井桁家』の奥座敷に、こんな面々が集まった。

まずは主人で包丁人の新吉が、板場を手代に任せて端に座っている。

床を背に腕組みしているのは若松屋の誠蔵、その両隣りに蜻蛉屋のお瑛と、町火消し〝い組〟の組頭万作。

鍼灸塾で修業中の武士、河原崎武光は、少し遅れて深川から駆けつけてきた。

「お瑛ちゃん、どうしよう……」

誠蔵が最初にそう持ちかけて来たのは、九月の初めだった。

「約束は十二月だったよな」

「よく覚えてないわね、あんたのことじゃないの」

お瑛は気のない返事をした。

誠蔵は町火消しの〝よ組〟と喧嘩し、売り言葉に買い言葉であらぬことを口走り、引っ込みがつかなくなったのだ。

神田祭は、江戸を守護する明神様を祀る、町人の祭りである。

山王祭は、江戸城と公方様の守護神山王権現を祀る、武士の祭りだ。

では山王権現の氏子となって、武士の祭りを支える日本橋の濠端商人は、町人なのか武士なのか、はたまたヌエか。

商人なら商人らしく、自分らの祭りを持ったらどうなんだ、と口達者な若い衆から屁理屈をこねられた。

「ああ、やってやろうじゃないか」

後先も考えずに、誠蔵はそう受け合った。いつもながらの、意地の張り合いだったのだが――。

「もう二ヶ月しかないんだもの、しょせん無理なお話だわ。普通なら、半年や一年は準備にかけるところでしょう。ま、お座敷に神田の火消し衆を招いて、お酒と御馳走に紛らして謝っちゃうことじゃないの」

突き放した言い方に、誠蔵は腐りきった。

「薄情なこと言うねえ、それでも友達かよ」

「誠ちゃんは、出まかせ言ってのっぴきならなくなると、〝友達〟を押しつけてくるのね、どんなに迷惑したか知れやしない」

「しかし、困った時に役立たなくて、何の友達だよ」

それもそうか……とすぐ思い直すところは、やはり幼馴染みのよしみである。

「少し考えてみるけどね」

とお瑛は気乗りのしない調子で折れた。

それなら他にも声をかけ、知恵を出してもらおうということになり、三人の名が上がって、話は一歩だけ進んだのだ。

万作は誠蔵の古い遊び仲間で、火消しらしい熱血漢である。胆が太く情味があって、火消しの若い衆に人気が高い。

新吉は飄々とした見かけの割に堅実で、誠蔵の友人の中では珍しい常識人だった。

その常連客には、相撲取り、役者、絵師、魚河岸の若い衆、日本橋に甍《いらか》を並べる大旦那衆……と多彩な顔ぶれが揃っているのも、その円満さのおかげだろう。

河原崎武光は深川在住だが、武士にしては心安くて知恵もある。『金茂』騒動の時には最後まで立ち会って、町内の人々を感動させた。


「神田祭に対抗して〝日本橋祭〟をぶち上げる……その心意気に感じ入ったよ。おれも、ちったァ名の知れた火消しだ、一口乗らしてもらうぜ。皆で、〝よ組〟の鼻をあかしてやろうじゃねえか」

〝い組〟の印半纏を着た万作が、腕まくりして言い出すと、その二の腕に派手な倶利《くり》伽羅《から》紋紋がのぞいた。

「とはいえ祭りは祭りだ、町内の神社の神輿担いで練り歩くのが、まず基本じゃねえのかい」

「うん、練り歩いてどうする」

「つらつら考えたんだがな、その後が凄えんだ」

万作は自信ありげに、その角張った顔を紅潮させた。

「日本橋から今川橋まで、ドーンと緋毛氈《ひもうせん》を敷き詰めるんだ。その上で老いも若きも総出で、裸足《はだし》で踊り狂う……なんてどうでえ」

「裸踊りでなく、裸足踊りね」

お瑛が間《あい》の手を入れる。

「つまり緋毛氈を火に見立てて、火を踏み潰すってわけね」

「さすがお瑛さん、洒落を分かってくれたか」

「火毛氈に火消踊りの洒落は面白いが、馬鹿の集まりと思われないか」

誠蔵が言った。

「うーん」

万作は真面目な顔で首を傾げた。

「……思われるかな」

皆笑いだし爆笑になった。

「〝よ組〟に馬鹿にされても困るから、まあ、却下だな。新公、何か考えたか」

誠蔵は腕を組み、首を傾げて言う。

「いや、おれも祭りには大賛成だ。江戸のすべてが日本橋に始まり、いのイチバンだ。そもそも五街道はここから始まっている。街道向けの伝馬は大伝馬町から、江戸市中向けの伝馬は、小伝馬町から発している。落語もここから始まった。芝居も遊廓もやはりこの日本橋にあったんだ」

「だからどうした」

「だからさ、〝よ組〟なんかに馬鹿にされていいわけない。いのイチバンだってことを、ここで知らしめなくちゃ……」

「前説は分かった。で、何をする？」

「うーん、そこからがはっきりしないんだけど、仮装行列なんてどうかな。みんなで役者や、花魁《おいらん》や、飛脚や関取に扮してさ」

「それで終わり？」

誠蔵は呆れたように言った。

「却下、当たり前すぎる、みな少し酒が足りないよ。酒だ、酒……」

料理の皿と酒が運ばれ、皆は一息ついた。

「お瑛さん、まだ何も出してないねえ。何かドーンとくる案を隠してるんじゃないのかい」

万作が赤い顔をして言った。

「そりゃ、ありますとも。とっておきの秘策があるの」

お瑛も自信満々だった。

「あたしはあんたたちと違って、人間が情緒豊かに出来てますから。で、寝ないで考えたのが、灯籠流し。皆で手作りの灯籠を持ち寄って流し、常ちゃんみたいに今年この町で亡くなった人の魂を供養するの」

「……日本橋川で灯籠流し？」

誠蔵はぎょろりとした目を剝《む》いて、顔をしかめた。

「あんな小汚ねえ川の、どこに灯籠を流すんだよ。いつも船でぎっしり埋まってるし、両岸に並んでる蔵は公儀御用の大店がほとんどなんだぜ」

「混雑は昼間だけでしょ。灯籠流しは夜やるものよ」

「あ、そうか」

「それに山奥の清流じゃなく、町中を流れる汚れた川だからこそ、いいんじゃないの。この日本橋は、川で成り立ってる水の町でしょ。たまには川に感謝して供養しなくちゃいけないわ。ついでに私たちの穢《けが》れや罪も灯籠に乗せて、流してしまおうってわけ」

皆は一瞬、町中を流れる日本橋川を思い浮かべた。

広くはない川幅だが水量がたっぷりあり、滔々と大川に流れ込む。

その川面には、大小の船が隙もなくひしめいて昇り下りしていた。

御城に荷を運ぶ舟もあれば、公議御用の菱垣廻船、樽廻船、大坂からの新綿番船、生糸番船、播州《ばんしゆう》や行徳《ぎようとく》からの塩廻船あり。房州木更津《きさらづ》への定期便が発着し、対岸への渡し舟が横切っていく。

だが衝突や接触事故ひとつ起こさないのが見所で、櫓を握る船頭たちの神業《わざ》に近い腕さばきにあると言われている。

上流から下流まで、両岸には多くの河岸《かし》が点在していた。だが夜には荷さばきが出来ないから、大船の夜の運行はほとんどない。

「釣り舟なんかは、少しの間遠慮してもらえばいいわ。木更津河岸から船が出るのは暮れ六つだっけ？　その後から一刻だけね。舟灯りならぬ無数の灯籠が水面に灯を映して流れて行く……その光景は、昼とはガラリと変わって面白いんじゃないかしら？　気取って言えば、日本橋川変幻……」

「うーん、日本橋川変幻か」

誠蔵は、感じ入ったような声を漏らし、無数の灯籠がゆらめき下る風景を想像するように沈黙した。

「なるほど、灯籠流しなんて月並すぎると思ったけど、うん、確かにあの川でやれば面白いかもな。思えばおれは、常次の供養をしていない。女房に逃げられ、あんな死に方したのにさ。祭りってのは、生ある者の祭典ばかりじゃなく、死者への鎮魂でもあるべきだ。よっしゃ、これは頂きだ」

「やった！　これと神輿でなんとかなりそう？」

「あ、いや、そうはいかない」

誠蔵は首を振った。

「趣旨は面白いが、それだけじゃ地味だろうな。もうひとつ派手な仕掛けがいる、ドカーンと花火を上げるとか……」

「でも、両国以外の花火は御法度《ごはっと》だしね。言い出しっぺの誠ちゃんこそ、何かいい案はないの？」

お瑛が言うと、そうだそうだと皆が頷き合った。

「いや、ない」

誠蔵は顔をしかめて言下《げんか》に言った。

「ともかく規模で言えば、しょせん神田祭には敵《かな》わない。規模と伝統を越えなきゃ、やる価値がない。伝統を越えるものは思いつきと仕掛けだ、閃きだ。しかしそんな着想がおれに生まれるか……と思うと、もう脱力だね」

「なんだなんだ、誠さんがそんな弱気じゃァ困ろうが」

と万作。

すると新吉が言い出した。

「考えてみると、町を上げてやる以上、町名主に話を通す方が先じゃないか。いい案考えたって、認められなくちゃどうもなんない」

「誰に言ってるんだよ」

誠蔵はジロリと睨んだ。

「おれがそれを怠ると思うか。相手は源《げん》ジイだぜ」

事情を知る皆は、思わず吹き出した。

町名主の楢屋源五郎《ならやげんごろう》は、誠蔵の父とは釣り友達だったが、悪童の誠蔵には天敵だった。悪さを働いて自身番に突き出されると、父親が飛んで来て、襟首摑んで町名主のもとへ引っ張って行く。

源五郎は諄々と諭し、座敷牢のような奥まった四畳半で半日ほど謹慎させ、写経や読書をさせる。最後は、悪うございました、と反省の弁を半紙に書いて解放されるのだ。

これが誠蔵にはたまらなく嫌な、退屈な儀式だった。

〝源ジイ〟の所へ連れて行くぞ、と言われただけで逃げ出した。若松屋の主人になった今でも、閾《しきい》が高い。

「ついこないだ、この万作と一緒に挨拶に行って来たよ。到来物の松茸を持ってさ、〝日本橋祭〟をやらせてほしいと申し出たら、おまえが祭りだと？……とゲジゲジ眉をひそめたね」

だが事情を聞いた源五郎は、ことのほか興味を示した。

「〝よ組〟との角突き合いなんかじゃ、認められん。しかし町興《おこ》しのためなら、協力しないでもないぞ」

さもありなんだった。

水野様の御改革が進むにつれ、江戸の経済はひどい不景気と低迷に追い込まれていたのだ。

特に日本橋には高級品を扱う問屋が集まっていたから、贅沢の御禁令で、大きな打撃を受けた。芝居小屋の移転がそれに追い打ちをかけ、周囲の商店街から客足が遠のいたのである。

そこへ、物価高の元凶とされて十組問屋《とくみどいや》（荷受け問屋の組合）が停止になったため、物価が不安定になり、倒産する問屋が続出した。客側にも買い控えの動きが出て、日本橋には不景気風が吹いていた。

鳥居耀蔵《とりいようぞう》が南町奉行に就任してからは、町人にも厳しい弾圧が加えられ、さらに次々と御禁令が相次いだ。

高級品を売買すれば、商人も客も罰せられた。

寄席《よせ》は決められた十五軒以外は禁止、豆腐は寸法が規制され、入墨の禁止、葬式質素令、三味線師匠取り締まり、町人の講の禁止、遊女屋引き払い……等々とどまるところを知らなかった。

そんな息の詰まるような空気に、どこかで風穴を空けたいと望むのは、町の長老も同じだったのだ。

「ただし、注文が二つある」

町名主は難しい顔で言った。

「まずは御禁令に障《さわ》るような華美なものは、認められん。それと、師走《しわす》は忙しい。やるとしてもせいぜい、十二月の三日までだな。ま、むやみと人寄せしない小規模なものなら、お役人も認めてくれよう。しかし早く案を出してお伺いをたてないと、来年送りになるぞ」

……というわけだ、と誠蔵は新吉に説明した。

「おれらの狙いは、承認を取り付け助成金を引き出すことだ。〝金は出すが口は出さん〟という一筆がほしい。ただしこれぞと思う秘策を、早々に出さないと、話は通らんな」

「ふーん」

　溜め息をついて新吉が言った。

「仮に話は通っても、どだい年内は無理なんじゃないかね。十二月初めまで、もう二ヶ月しかないんだ」

「……武さんはどう思う、この話」

　誠蔵がしばしの沈黙を破って言った。

　河原崎武光はもっぱら聞き役に回っていて、可笑《おか》しそうに笑ってはいるが、自分からは何ら言葉を発しなかった。

「水戸に伝わる祭りに、何かいいのはないかな」

「あ、いや、とりたてて格別なものは……」

　端正な顔の前で盃を止め、慌てたように首を振った。

「そうですねえ。大串《おおぐし》神社の祭礼が、もうすぐですか。これには獅子舞が出る……といっても、獅子頭を棒の先につけた〝棒ささら〟というものだけど」

「あ、獅子舞も面白そうだわね」

「いや、お瑛さん……神田祭を越えるものではない」

また皆は、黙り込んだ。

来年回しかな、という空気が生まれ始めていた。

「ただ、面白そうな話はないでもない」

武光が出し抜けに言い出した。

「絶対無理な話だから、参考にはなりませんがね。今の医塾に、出羽《でわ》から来ている先輩がいてね。その学生から聞いた話なんですよ……」

出羽秋田の上檜木内《かみひのきない》という地方では、年の暮になると〝紙風船上げ〟という祭りをするという。

大きな紙風船に火を灯して、何十個となく夜空に上げる。

ゆらめきながら舞い上がった紙風船は、漆黒の冬空にゆっくり吸い込まれていく。

それは幻想的で美しく、その地方では〝冬螢〟とか〝雪螢〟などと呼んでいるという。

「あ、いいねえ、冬螢か」

誠蔵が乗り出した。

「だけど紙風船に火を入れたら、どうして浮かぶんだろう。第一、燃えちまうんじゃないのかな？」

「いや、先に熱気を入れてから、固定してある灯油を染み込ませた布玉に、火をつけるそうでね」

加熱によって中は温かくなる、だが外は厳寒だから、その温度の差によって浮力がつくのだと……。

「この仕組みは、例の平賀源内《ひらがげんない》が考え出したそうですよ」

「あ、その名は知ってるよ、エレキテルだっけ？」

「そうエレキテルの平賀源内です」

地質学者で、発明家で、蘭学者でもあった源内は、安永《あんえい》二年（一七七三）銅山開発のため出羽秋田藩に招かれ、採掘の指導を行った。

その時、すでに海外から齎《もたら》されて知っていた熱気球の原理を応用し、大きな紙風船を空に上げることを考え出したという。

風船には祈願や、武者絵、美人画などを描きつけた。

このおかげで、冬には豪雪に閉ざされるこの地方で、幻想的な紙風船祭りが行われるようになり、陰鬱な冬景色に彩りを添えてきたという。

三

「それ、日本橋で出来ないもんかな」

誠蔵が首を傾げて言い出した。

「ちょっとちょっと……冗談じゃないよ、誠さん、火は御法度だ」

新吉が声をあげる。

「冬螢はいいが、雪国だから出来るわけでね。この将軍家御膝元のお江戸の空に、そんな物騒なもの飛ばしちゃ、たちまち手が後ろに回っちまうよ」

「そうさ、火消しのおれなんざ、火炙り間違い無しだな」

火消しの万作が勢い込んだ。

「江戸の冬はからっ風が吹いて、火花ひとつでも燃えそうに乾ききってる。そこへ火入りの風船が降ってきた日にゃ、たちまち大火事だからよ」

「ふーん、さすがの命知らずも反対か」

「え？……おっと、誠さん、おいらは反対してるんじゃねえ。危いからこそ、やろうってんだよ。こりゃァやるべきだ」

「そうこなくちゃ、背中の倶利伽羅紋紋が泣くってね」

「だってそうだろ。禁令守って、〃よ組〃の鼻を明かせられるかよ」

万作は言って、袖を捲くってみせる。

「役場のタコ役人、この入墨を削りとれって言いやがった。削られてたまるかい、鰹節じゃねえんだ。そうそう、タコといやァ、凧揚げだって禁令が出てるのに、あちこちで揚げてらァな」

昔は凧揚げのことを〃イカ上り〃と称したという。

ところが大名行列に突っ込んだり、御城に落ちたりしたため、危険ということで御禁令が出た。だが江戸っ子は無視して揚げ続けた。役人のお咎めを受けると、てやんでェ、これはイカじゃねえ、タコだ……と言ったので、〃凧揚げ〃になったという説があるのだ。

「紙風船をタコ役人に咎められたら、てやんでェ、ありゃァ風船じゃねえ、冬螢だ……と言やいいんだ」

皆は声をあげて笑った。

「それにおれたち火消しだ、い組、は組……と日本橋の全火消しを総動員して、待機させるさ」

「ふう、火消し衆の向こう見ずは、聞きしに勝るねえ」

新吉が呆れたように肩をすくめた。

「第一、源ジイが認めっこないよ。火事が怖いからね。金が出なけりゃ成立不能だ。武さんもそう思うだろ？」

「もちろん江戸じゃ絶対に無理で、実用性はありません」

武光が恐縮したように言った。

「ただ、〝よ組〟の鼻を明かすには、これくらいのことがいいと例に上げたまでで」

「武さん、その紙風船の作り方って難しいのかな」

誠蔵が言い出し、武光は目を瞠った。

「誰にでも作れるようだけど……？」

「うちは紙屋だ、紙風船なんてすぐ出来る」

「誠ちゃん、ここは慎重に考えた方がいいんじゃない」

お瑛も厳しい顔で言った。

「江戸の夜空に火入りの紙風船……。これはまるで瓦版の見出しだわ。祭りで日本橋を火事にしちゃ、末代まで祟《たた》られる。誠ちゃんの火炙り見に、小塚原まで行くのも面倒だしね」

「………」

誠蔵は腕組みし、にやにや笑っている。この笑いが始まると、お瑛には不安だった。

「誠さん、無理だって」

新吉が真顔で言った。

「いかにして火事を起こさないようにするか。どうやって火《か》盗改《とうあらため》の目をくぐりぬけるか……とどう考えたところで、火を使えば、お役人がすっ飛んでくる。今度は、源ジイの四畳半お仕置きじゃすまないんだぜ。これをゴリ押しするなら、悪いけどおれは下りさせてもらう」

「分かってるって。しかし、ま、仮に答を出すとすれば、賛成するのは一人だけ?」

万作が手を上げ、新吉は肩をすくめた。

お瑛と武光は、首を傾げている。

「よし。じゃ、頭を冷やして、もう二日後に出直そうや」

あっさり誠蔵は引いた。

「それまでにお瑛ちゃんは、灯籠をどう集めるか研究しといてよ。おれも、いろいろじっくり検討してみるからさ」

こうして、たて続けに三回の寄合が持たれたが、決まらなかった。

二回めの寄合からは、さらに二人の新顔が加わっていた。

その一人の清助《せいすけ》は、小柄で威勢のいい若衆で魚問屋の跡継ぎだ。魚河岸の若者を束ねる〝魚栄会〟の頭《かしら》をつとめる。

東次《とうじ》は油問屋の五男だが、数年前に仲間と瓦版屋を立ち上げ、扇情的な見出しで人気があった。真っ黒に日焼けしているのは、街頭で瓦版を読み上げながら売り歩くからだった。

二人とも誠蔵を兄貴と慕う仲だったから、声をかけるとすぐに賛同し、大張り切りで世話人に加わった。

三回めは、若松屋の奥座敷に場を移した。

総勢七人が勢揃いすると、誠蔵は用意しておいた物を出した。

「さあ、これが問題の紙風船だ」

それは大きい水桶大の紙風船で、薄い紙には冬螢と書かれている。

火鉢に風船をかざして暖気を入れると、ゆっくり浮き上がる。誠蔵はそれを釣り糸で引きながら言った。

「さあ、皆の衆、ちょっと縁側に出てほしい」

この数日間に、誠蔵は件《くだん》の出羽出身の医塾生に会い、紙風船の作り方と飛ばし方を教わって来たのである。

その塾生の説明では——。

まずは習字用の薄い和紙を貼り合わせ、水桶か、西瓜《すいか》より大きめの紙風船を作る。上部は熱気が逃れないよう封じ、底部は空気孔として開く。その口を竹の輪で止め、ここに灯油を染ませたタンポという小さな布玉を固定する。

この風船に焚き火などで熱気を送り込み、浮力がついたところで点火すると、フワリと舞い上がると。

火事を起こさぬためには——。

風と燃料を制限することだという。

風は微風程度まで。燃料は、点火してから、四半刻の半分（十五分）足らずしか燃えない分量にする。

風船には紐をつけ、ある程度上がったところで手放すのだが、その紐を長くして、上空に少しの間とどまらせる。燃え尽きる寸前で手を放せば、夜空に消えて行くように見えるのではないか、とも言った。

聞いた話をもとにして、誠蔵は試作品を作ってみたのである。

「さて、火をつけるからとくとご覧《ろう》じろ」

誠蔵は縁側から中庭に下り、付け木でタンポと呼ばれる布玉に点火した。冬螢という字が、浮き上がって見えてくる。

それをゆっくり揺らしてみる。

「いいかい、こうして揺らしても、横にしてみても、風船に火は燃え移らないよね」

紙風船は虚無僧《こむそう》の傘か、水桶を伏せたような形をしており、その下部に渡した竹ヒゴに、タンポが括《くく》られている。その発する炎はごく短かく、下は空いているため、揺らしても上と左右の紙には炎が届かないのだ。

内部が暖まってくると、紙風船はさらに浮き上がった。

おお、と一同から嘆声があがった。

皆も縁側ににじり出た。

真っ暗な闇に、橙色のぼんやりした灯りを放って浮き上がって行くと、不思議な気分に満たされてくる。

「何だか魂が浮いてるみたいねえ。これを空まで上げてみた？」

お瑛がすかさず訊く。

「いや、まだそこまでは」

「誠さん、これを幾つ上げるつもりだ？」

新吉が訊いた。

「無数……と言いたいが。最少でも百個はないと迫力が出ないだろうね」

「しろうとが舟の上で、百個もの火風船をこなせると思うか？」

新吉は、矢継ぎ早に質問を浴びせる。

「確かにそりゃ無理ってもんだ」

万作までが加勢する。

「百の紙風船の一つ一つに暖気を入れ、点火するんだろう。それが順序よく次々と上がらねえとな。そこらはもっと練り込まねえことには、えらいめにあうぞ」

「わかってる。おれは、火の専門職人に頼もうと考えてる」

「火の専門職人……てぇと、花火師か？」

「うん、そうだ、知り合いにちょっとした名人がいる」

誠蔵は考え込みながら言った。

知り合いと言ってもずいぶん古い話で、自分を覚えているかどうか分からない。ただ〝ちょっとした名人〟どころか、天才と言われた花火師だった。

「まあ、ここは任してもらいたい」

さらに質問続出のうち、灯りは燃え尽きた。

座敷に戻ってからは、皆の気分はすっかり紙風船に飛んでいた。

誠蔵の熱意にほだされ、何とかなりそうか、という雰囲気が醸《かも》されていた。だがそれより何より、皆の気分の底にもやもやしていたものに火がついて、だんだん昂《たかぶ》り始めたのだ。

これまでに東次は、扇情的な瓦版見出しでお上のお咎めを受け、廃業寸前まで追い込まれたことがある。

万作は、入墨の御禁令で奉行所から注意を受けている。

お瑛にしても、何かにかこつけてやって来るトカゲの岩蔵が、ただの岡っ引きではなく、水野老中の隠し目付だと薄々知っていた。

昔の江戸っ子がイカをタコと言い変えたように、紙風船を冬蛍と言い変えるような悪戯を仕掛け、小うるさい御禁令の裏をかいてやりたい……。

そんな面白がりたい気分が、熱病のように蔓延し始めたのである。

加えて、無念の死を遂げた常次の魂を鎮《しず》めてやりたいという熱い想いが、誠蔵とお瑛の心を満たしていた。

四

「ねえ、兄貴、ただ上げるより音曲《おんぎょく》をつけたらどうだい」

清助が乗り出した。

「三味線、太鼓、笛、尺八……何でもいいからお囃子方を並べ、何か演奏してもらう。盛り上がって来たところで、紙風船を上げ始めるとかさ」

「おっ、それいいねえ」

誠蔵が手を打った。

「景気づけの大太鼓を五つ六つ並べよう。音の御禁令はまだ出てないぞ。いくら派手でも、音なら引っ掛からないはずだ」

「うちの河岸に、太鼓をやるやつがいるんだ。声をかけてみるか」

「おいおい、先走るなって。だいたい百個の火を空に上げるなんて話、お上は認めっこないよ」

新吉だけは冷静で、少しもほだされていない。

「じゃあ、こうしちゃァどうでい」

万作が思いついたように言った。

「舟の上で上げて、風船の紐を放さねえってのは。空に飛ばなきゃいいってわけだろう。舟の上で浮いてるぶんにゃ、提灯や燭台と変わりはねえ。死者の魂を川に流すとかなんとか、もっともらしい理屈をつけりゃいいんだ」

両国の花火だって、江戸に疫病が猛威をふるい、西の畿内では飢饉《ききん》で民が飢えていた時代、悪霊退散と死者の慰霊のために、八代吉宗《よしむね》が始めたことである。

「なるほど、そいつは名案だ」

誠蔵が頷いた。

何とかお上の承認は得られそうな空気が支配していた。

「……つまりこうなるわけだな。昼間は神輿行列で気分を盛り上げる。夕方からは音曲が始まり、一斉に灯籠を流して水供養……。それが終わりかけた頃から魂供養で、紐つきの紙風船がゆっくり上がり始め……二個、五個、十、十三、二十、二十七、三十、五十、百、二百……無数の紙螢が、夜空に舞う」

そこでパチパチと拍手になった。

「誠ちゃん、風によってはその紐、絡み合わないか。絡み合いを解くために、つい糸を切るってことになりかねないよ」

新吉はなお疑っている。

「うん。問題は風向きだ」

誠蔵の言葉に、火消しの万作が頷いて言った。

「ただ十一月には、風のない小春日和の日が結構ある。吹いても、冬は北西の風が多い。そんな日であれば、もし紐を放しても、紙風船は風にのって大川から江戸湾へと流れるはずだ……」

「そんな日を、具合よく選べるかい？」

新吉が突っ込む。

「それは花火師に期待してるんだ、連中は天候を読むそうだからね」

「肝心なところを花火師任せとは、えらい綱渡りだねえ」

新吉がギュッと薄い眉をひそめた。

「そもそもさ、十一月までに、肝心の紙風船が間に合うのかい？」

「和紙はある。ただその裁断、貼り合わせ、絵柄の選定に一ヶ月以上はかかりそうだ。その間に竹の輪や布玉を注文して、作ってもらえば、何とか間に合うと思う。そうそう、お瑛ちゃん、灯籠の方はどうなってる」

「灯籠は町の人が持ち寄るわけでしょう。二軒の灯籠屋さんに掛け合って、灯籠を安く売り出してくれるよう頼んであるわ」

お瑛は自信ありげに頷いた。

「でも数が集まらないと困るから、こちらでも千個ほどは用意しようと思う……」

「分かった。ここでもう一度、皆の決を取ってみようか」

誠蔵が言い出し、紙風船に賛成の挙手を求めた。

一対六で、反対は新吉だけだった。

誰もがどこかしらで、このがんじがらめの江戸の空に、ふわふわと紙風船を飛ばしてやろう、という気分をそそられていた。

「じゃ、紙風船は決まりと考えてもいいのかな」

誠蔵が真顔で言い、新吉の他は頷いた。

「新ちゃん、やっぱり世話人を下りるかい。枕高くして眠りたいだろう。いや皮肉じゃなくてさ」

「もちろんおれは下りるさ。どうも誠さんのやることは、危なっかしくて見ておれん。ただね、とんでもない方向に導いていくかもしれんから、もう少し見届けさせてもらう」

「じゃ、世話人じゃなく、監視役だ」

七人の、大まかな役割分担が決まった。

灯籠については、お瑛が責任を持つことになった。

灯籠を流す場所など、日本橋川の水まわりの問題は、魚河岸の清助が引き受けた。

町内の消防のいっさい、押しかける人の整理、それに川下に溜まった灯籠などの後始末を、万作が受け合った。

祭りの宣伝と情報集めは、もっぱら瓦版の東次の分野である。

神輿行列の方は町内会に頼むことにして、そうした連絡役は新吉に任せた。

武光は町外なので無役だが、病者、怪我人などの応急の救護を担当してくれることになった。

誠蔵は紙風船の制作と、それを上げることに専念する。

盃を持って、乾杯となった。

誠蔵が言った。

「秘密にするべきところは最後まで厳守だよ。当日生じる不都合の全責任は、おれが負う。いざとなったら、火炙りはおれ一人ですむようにするからさ」

五

十月初旬の温かい午後、一仕事済ませた誠蔵は、重い風呂敷包みを下げて家を出た。

日本橋を渡って八丁堀に出て、霊岸《れいがん》橋を渡って賑やかな霊岸島の街並に入って行く。

霊岸島は秋色に染まり、カモメが頭上を飛びかっていた。

この島は、別名蒟蒻《こんにゃく》島とも呼ばれる。

亀島《かめじま》川、日本橋川、大川に囲まれた中州だったのが江戸初期に埋め立てられ、造成当時はなかなか固まらず、歩くと足元が揺れたためこう呼ばれたらしい。

町中を大川に向かって流れる新川に沿って、誠蔵は進んだ。

川沿いの道には酒問屋や酒蔵が軒を並べ、その切れ目や籬《まがき》には、紫色の野菊が群れ咲き、芒《すすき》の穂が揺れている。

だが考え込んで歩いている誠蔵には、周囲はよく見えていない。

(果たして出来るのか)

日本橋祭は、厳しい条件つきで、今日お許しが出たばかりだ。

最初は、忙がしい年の瀬に祭りなどもってのほか、まして火入りの紙風船を上げるなどとんでもない、と町年寄が難色を示したという。

ところが意外にも、あの町名主の源ジイが食い下がったのだ。火入りの風船は飛ばさせないが、今年の冬の寒さは格別であるから、冬祭りで〝寒気〟を払いたいと。

すなわち水油や呉服など十組問屋が廃止になったせいで、日本橋商店街は火が消えたように落ち込み、冷えきっている。

何とか町に活気を呼び戻し、不景気の悪霊を退散させて新年を迎えるため、この〝寒気〟を吹き飛ばしたいと。

ついては祭りは〝師走に入って三日まで〟に執《と》り行い、〝紙風船の紐は短くし空には飛ばさない、風の日は中止〟とする。

以上の条件を厳守するなら、町興しにはいい企画だと町年寄も共感し、奉行所のお役人も許可したという。

お上も町も、未曾有《みぞう》の経済不況に混迷していた。

そのどさくさに付け込み、大見得切ってここまで話を進めてきたが、あとひとつ大きな難関がある。

目当ての花火師に、話を通すことだ。

だがもし江戸にいなかったら、もし断わられたら……そんな不安が初めて誠蔵の胸を塞いだ。いや案ずるより産むが易し、たぶんうまくいくだろう。

紙風船の話が持ち上がった時から、直感的に誠蔵の胸に浮かんでいる花火師がいた。中屋幸斎《なかやこうさい》。いま健在なら五十半ばか。

鍵屋《かぎや》の筆頭花火師だった頃は、幸吉《こうきち》と呼ばれていたと記憶する。

誠蔵はまだ少年の頃、花火好きの父親に連れられて、よく日本橋横山町の鍵屋の作業場を訪ねたものなのだ。

父は、大胆に仕掛けて異端の花火師といわれた幸吉を贔屓にし、

「幸吉は普通《ただ》もんじゃない、火術の天才だ」

と口癖のように言った。

真偽は定かでないが、その祖先は忍者だとも言っていた。

戦国時代、忍者は火薬の使用にたけ、狼煙《のろし》としてよく使っていた。だが戦《いくさ》のない江戸の世になって、秘伝の火術を活《い》かし花火師に転じたという説があり、父はそれを信じていた。

それを信じさせる何かが、幸吉には備わっていたのだ。

ところがその幸吉は、十年前に、八代鍵屋弥兵衛《やへえ》に反逆して破門された。鍵屋は幕府御用達だから、伝統的で当たり障りない花火を上げるため、好敵手の玉屋《たまや》に追い越

された……という説を裏打ちするものだった。

幸吉の破門は、父が死んで、若松屋がどん底に喘いでいた頃と重なっていた。事情を聞き知った誠蔵は、見舞い金に添えて、父の死を告げる手紙を送っている。

丁寧な悔やみ状が届き、その末尾に、幸吉を改め〝中屋幸斎〟とするむね記されていたのだ。

鍵屋、玉屋の向こうを張って中屋か、と思った記憶がある。

だがその後、幸斎の消息は聞かず、中屋の名は世に出なかった。

鍵屋の妨害がきついそうだが、当の幸斎も偏屈で、まとまる話も自ら壊していると も巷では噂された。

地方巡業に出ることが多いらしかったが、今年の初め、江戸に帰っているという噂を聞いていた。

誠坊と呼んで可愛がってくれたから、自分が頼めば引き受けてくれるだろう。誠蔵には、そんな心づもりがあったのだ。

至急あの人物を探さなくては——。

誠蔵は、至急の居所探しを東次に頼んだ。

二日後、すなわち昨夜遅く東次はやって来た。

何人かの花火職人に当たってみたところ、二、三ヶ月前に、霊岸島辺りでその姿を見かけた者がいたというのだ。

そこで東次は、霊岸島を縄張りとする瓦版売りに、調べてもらった。すると幸斎は新川の河口付近から南に下った、大川端に住んでいるという報告が届いたのである。

新川河口の橋を渡り、大川の流れを左に見てしばらく南に下ると、葦の茂みに続く河原が見えてくる。

その辺りには枯れかけたガマズミや女郎花《おみなえし》が群生し、丈高い芒の茂みに埋もれるように、掘っ立て小屋が幾つも並んでいた。

誠蔵はしばらくそこに佇んで考えあぐんでいると、ちょうど河原から駆け上がってきた少年がいた。十歳くらいで、手に釣り竿と仔猫を抱えている。身なりも顔も汚かったが、目がクリクリして、利発そうに見えた。

汚い黒い犬が、その足元にじゃれついていた。

「坊や、この辺りで花火上げの名人を知らないかい」

そう問うと、少年は息を弾ませて猫を放したが、何とも答えなかった。その澄んだ目は、疑い深げに誠蔵を値踏みしている。

「いや、おじさんは怪しい者じゃない。日本橋の紙問屋だよ。中屋幸斎という花火名人を探してるんだ」

「…………」

「頼みごとがあってね。悪い話じゃないから教えてくれないか」

言って、少年に心づけを渡した。

「……こんな人じゃやか？」

やっと相手は口を開き、背中を少し丸めてみせる。

「そう、その人だ」

「ほれ……」

身体をひねって振り返り、外れの草地に面したしっかりした小屋を指さした。

「あそこがそうじゃ」

「あの小屋に、今いなさるか？」

すると少年は、土手の傾斜を駆け下りてその小屋の前に出た。

「頭《かしら》、お客さんだぞォ」

外から怒鳴ったが、中はシンとして何の音沙汰もない。

少年は釣り竿の先で、たてつけの悪そうな表戸を叩いた。

中からそんな声が聞こえてきた。

「……うるせえな」

そのよく通る声に、犬が尻尾を振った。

「だって、頭にお客さんだよ、頼みたいことがあるって」

「昼寝の邪魔をすんねえ」

少年は振り返って、首を振った。

だが誠蔵は表戸に駆け寄り、中に向かって叫んだ。

「師匠、日本橋の若松屋の倅です。覚えていなさるかどうか、親父に連れられて、何度も横山町に伺いました。もう三十になりました。お久しぶりです！」

「…………」

「師匠、今日はお願いしたいことがあって、参りました。聞いて下さい！」

何の返答もない。

誠蔵はゴクリと息を呑み込むや、小屋の前の日溜まりに立ったまま、紙風船上げのいきさつを手短かに語った。

六

「師匠に、こんな紙風船上げじゃ役不足とは、重々承知の上ですが……」

「重々承知なら、昼寝の邪魔せんでもらいてえ。わしは花火にゃ義理があるが、紙風船にゃ何の義理もねえぞな」

頭の中が真っ白になった。

予想もしない言葉だった。

少年は首を振り、誠蔵の手を取って引っ張った。このお頭がこう言い出したら金輪際だめだと、その目は言っていた。

「師匠、頼みます！」

少年の手を払って誠蔵は言った。

「あと一日だけでも、お考え願えませんか」

「…………」

「明日の夕刻、また改めてお返事を伺いに参ります。よろしくお願いします」

誠蔵は小屋の前に、持参した風呂敷包みを置いた。中には銘酒の一升徳利と、紙風船が入っている。

親しく酒を酌み交わしながら、紙風船の夢を語ろうと考えていた誠蔵の能天気な目論見が、そして常次の浮かばれぬ魂を解き放ってやりたいという想いが、そこには包まれていた。

気の毒と思ったのか、少年は途中まで送って来た。黒犬が前になり後になって、ついて来る。

師匠は今も花火を作り続けている、とぼつりと少年は言った。

作業場は小屋の下方にあり、そちらに共同の炊事場や井戸や厠もあるらしい。この辺りの小屋に住んでいる連中は大抵が中屋の職人で、地方巡業となると、小屋はもぬけの殻《から》になるという。

だが此処《ここ》もそろそろ引き揚げるようだ、とも教えてくれた。

「引き揚げてどこへ行くんだい」

「上方《かみがた》じゃ」

「坊やはどうするの」

「もちろんついてくよ」

少年は浮浪児だったが、偏屈者の幸斎は子どもには優しく面倒見がいいらしい。いつから か作業場に住み込み、雑用を引き受けてきたという。将来は上方で花火修業したいと目を輝かした。

「おいらも頭のようになるんじゃ」

少年と犬が霊岸橋の手前で引返して行くのを見送って、誠蔵は欄干から川の流れをのぞき込んだ。

飛び込みたい誘惑に駆られた。明日も来るつもりだが、あの具合ではおそらく結果は同じだろう。

何と言う当て外れか。

老舗若松屋の主人が、河原暮らしの一花火師に会ってももらえず、継ぎはぎの板戸ごしに話すだけで追い返されたのだ。

偏屈とは聞いていたが、狷介《けんかい》とは思っていなかった。

それどころか、喜んで引き受けてくれるものと信じていた。

父親がタニマチで、世話をしてやったから、相手もこちらの言うことを聞いてくれる……。そう思った自分は、何と大甘で、世間知らずのぼんぼんだったことか。

浅はかで、尊大で、自信過剰の大馬鹿者だ。

誠蔵は、ひとつの真理に直面していた。自分が思うほどには、他人は自分を評価していないということ。

世間には、とんでもない人物がいるものなのだ。

それにしても祭りまであと二ヶ月もなかった。

急ぎ、誰か代りを探さなければならないが、そんなお誂《あつら》え向きの人物が見つかるか？　そもそも破門された天才花火師など、この江戸に二人といないだろう。

紙風船の制作はすでに若松屋の作業場で始まっていて、どんどん仕上がっている。風船に描く美人画などの浮世絵は、すでに京橋の浮世絵師歌川重信《うたがわしげのぶ》に頼んで、快諾を得ていた。

だが肝心の上げる人が見つからない、などとは口が裂けても言えないではないか。

焦りで心の臓が波打ち、喉からせり上がってくるようだ。

さあ、誠蔵、えらいことになったぞ、どうする、どうする……。

祭りには案の定、町内の古老から、幾つか旧弊な物言いがついていた。大方は説得ですんだが、あの川は公方様の開いた川だから勝手に使っていいものか、という強固な意見には手を焼いた。

それについてはすでに奉行所の許可を得ているのだ。しかし、御用商人の筋からも、非公式に幕府に話を通すことになり、何とか収まった。

世話人たちは着々と準備を進めている。

お瑛は灯籠屋に灯籠を発注し、蠟燭屋の伊代に蠟燭の手配をし、伊代と協力して灯籠まで作り始めていた。近所の人や客までにも手ほどきしたから、灯籠作りは流行になっていた。

あの分なら美しい灯籠が、川を埋め尽くすだろう。

新吉は小姑のような小言を言い募りながらも、自身番や町内会と渡りをつけ、神輿の手はずを整えている。

万作は〝い組〟だけでなく、日本橋の他の火消しと連絡を取り、当日の防火対策を進めていた。

清助は、日本橋の袂に簡易舞台をしつらえ、お囃し方を並べることにして、あちこちの了解を取って来た。

東次は、すでに日本橋祭特集号を出している。

武光はといえば、何か手伝うことはないか、と明日、若松屋を訪ねて来ることになっている。

あの得体のよく知れぬ武士が、紙風船の話を持ち込んでくれたのだ。他にも何か知恵を借りられないものか……。

　そんなことを考え込みながら、日本橋に帰った。

　珍しくその夜はよく眠れなかった。


「どうですか、誠さん、紙風船の方は……？」

　翌日は約束どおり、昼前に武光が訪ねて来た。店に客はいなかったから、上がり框に座ってもらった。

　外は風があるらしく、武光は乱れた髷を直しながら、その役者じみた細作りの顔に笑みを浮かべた。

「いや、困ったことになった」

　誠蔵は情けない顔で相手を見返した。

「目当ての花火師に、脳天割りの剣突《けんつく》をくわされたさ」

「というと？」

「会ってもらえなかったよ」

「へえ」

「いやはや、人を喰った師匠でねえ。昼寝の邪魔をするなときた」

「ひえェ、若松屋の旦那にそんな無礼なことを」

武光は膝を叩いて笑い、ハッとしたように真顔になった。

「で、どうします」

「それを武さんに教えてもらおうと、待ち構えていたのさ」

「うーん、それは……」

武光も腕を組んで首を傾げた。

「これから探すのは難しい。その花火師に、もう一度お願いしてみてはいかがですか。今度は私もお供してもいいですよ」

「ふむ、今日の夕刻に行くことになってるんだが、一緒に行ってくれるかい。……見込みないけどねえ」

言いながら、目先に人影を捉えていた。若松屋と染め上げた暖簾の陰から、子どもがひょっこりと顔を覗かせたのである。

「や、坊や……」

誠蔵は腰を浮かした。

昨日のあの少年ではないか。

「お入りよ。ああ、番頭さん、金平糖《こんぺいとう》を包んでおくれ」

少年ははにかんだ顔で店に入って来た。武光が立ち上がり、場所を空けたが、少年は黙って風呂敷包みを差し出した。

誠蔵は受け取って、すぐにその場で包みを開いた。

それは昨日置いてきた紙風船だが、その底部の竹に、折り畳んだ和紙が結びつけてある。開いてみると、墨で書かれた〝否〟という一文字が目に飛び込んできた。

それは〝今日は来ないでいい〟という最後通告であり、さすがにカッと頭が熱くなった。

せめて少年から事情を聞き出してみようと思い直し、顔を上げた時、すでに店にその姿はなかった。

「武さん、悪いがあの子を追いかけてくれ」

反射的に言っていた。金平糖も駄賃も受け取らなかった少年の気持ちが、誠蔵にはよく分かる。師匠が託した答えが、芳《かんば》しいものではないと知っているからだ。

だが断られたのを恨んで、使いに駄賃を惜しんだなどと思われては大いに困る。

武光はすぐに、店を出て行った。

誠蔵は小銭の包みと金平糖を、懐にねじ込んだ。

「番頭さん、ちょっとそこまで出てくる」

そう断って雪駄を履き、後を追うように店を飛び出した。

昼日中の日本橋通りは、人の往来が激しかった。大八車や、馬上の人が通って行く間を、ぞろぞろと通行人が行き交う。

少年はその人混みをすばしこく縫って行くため、さすがに追いつけないのだろう。武光の後ろ姿は見えたが、少年の姿は見えない。

追うのは無理だと諦めて立ち止まった時、はるか先の辺りで何か叫び声がした。人の流れが変わり、走りだす者がいた。

背伸びして見ると、日本橋を渡り切った南詰めの辺りに、人が動いていた。その流れは川に沿って走って行く。

嫌な予感につき動かされて誠蔵は走りだした。

日本橋の中央で、顔見知りとすれ違った。

「何があったんだ？」

「子どもが、浪人者らしいお武家さんにぶつかったんでさ」

スリだと叫んで、お武家は子どもを斬ろうとした。そこへ、背後から若い侍が体当たりしてきて、その刀を払ったという。

若い侍は少年の手を引いて、日本橋の南詰めを左に折れて逃げたが、浪人者は追いかけて行ったと。

まずいことになったと走りながら思った。

最近の浪人者は不景気で殺気立ち、すぐに刀を振り回す。だが河原崎武光はいつかお瑛が言っていたとおり、刀を抜かない。というより竹光なので抜けないのだろう。

人混みをかき分けて橋を渡り、左に折れた。

七

川に沿って土手蔵が建ち並ぶ一郭に、武光は追い詰められていた。

「子どもを渡さぬと斬るぞ」

と浪人は喚き立てている。

少年は武光の背後で震えていた。

「拙者の目に狂いはない、その餓鬼はスリの手先だ。おぬしがその親玉か！」

「私がスリならあんたの懐は狙わない」

武光がいっぱし挑発的なことを言ったので、周りを囲む群衆がワッと笑う。武士は猛りたった。

「無礼者、かばい立てすると二人とも斬る！」

男は刀を大上段に構えて振りかぶった。

人垣の中で誠蔵は、飛び出して行こうかと激しく迷っていた。

武光は太刀打ちできずに、少年もろとも斬られてしまうのではないか。自分が飛び出して騒動を起こし、どさくさに子どもを逃がすか。だが失敗すれば、二重遭難になりはしないか。

そう思い迷う間に、男は地を蹴り、踏み込んで行った。

ハッと目を瞑《つむ》ろうとして、逆に見開いた。思いがけないことが起こったのだ。

一瞬、武光は腰を落としてしゃがみざま、電光石火で抜けぬはずの刀を抜き、虚空に斬り上げていた。

目を疑った。

凄まじい絶叫とともに、浪人の手から刀が吹っ飛んだ。

刀はキラキラ光って虚空を飛び、鈍色《にびいろ》に流れる日本橋川へ真っ逆さま……と見えたが、強い風に大きくうねる土手の芒の茂みに突き刺さった。

固唾《かたず》をのんで見守っていた観衆が、どっと沸いた。

浪人は手を押さえて蹲《うずくま》っている。だが血が流れているとも見えない。したたかに刀の背で手首を打たれ、痺《しび》れていたのだ。

誠蔵は駆け寄って、少年の懐に駄賃と金平糖を押し込んで言った。

「もう大丈夫、その辺まで送るから早く帰れ」

武光は蒼白な顔でそこに突っ立っていた。

刀はすでに鞘に収まっている。


「……武さん、あんた一体何者なんだ」

向かい合うと、やおら誠蔵は言った。

少年を霊岸橋まで送った時、武光はこのまま幸斎に会いに行こうと主張した。

だが川風がひどく冷たいし、武光と話したかったから、近くの川沿いの茶屋に誘ったのである。

「さっきは胸が痛くなったよ。今まで武さんについては、剣術修業も勉学も嫌で国にも帰らぬ親不孝者……と聞かされていた。けど、どうもそればかりじゃなさそうだ」

「あ、いや、まさに言い得て妙ですよ。剣術修業も学問も嫌いで、国にも帰りたくない親不幸者なんです」

「しかし、それにしちゃ剣の達人らしい。法眼屋敷に寄宿して、真面目に鍼灸も学んでるしね」

「今はそれが面白くなりました」

　喉が乾いていたらしく、茶屋娘が茶を運んで来るとすぐに茶碗に手を伸ばし、ゴクリと呑んだ。

「ただ最初は勉強が目的じゃない、あの屋敷に逃げ込んだんですよ。人が追って来たものだから、隠れ場所がほしかった。藩の添え状も何もないのに、玄哲先生は私の説明を信じ、黙って置いてくれたんです」

「武さんねえ、人が追って来るって、一体誰なんだよ？　恋敵《こいがたき》でも斬って、仇討ち親子に狙われているのかい？」

「いや……」

　武光は笑って、またゴクリと茶を呑んだ。

「笑いごとじゃないよ、ちゃんと説明してくれないか。さっきは、よほど飛び込もうかと思った。何しろ腰に差しているのは、タケミツだと聞かされてたからね。がむしゃらに飛び込んでたら、えらいことになってたぜ」

「いや、まあ、そのように言ってるんですよ。刀なんてものは剣呑《けんのん》で、必要のない物だと思うから」

「武さんがどう思おうと、今の世じゃ刀は必要だろ。お侍は、相手に無礼があればいつでも斬っていいことになってるんだ。いつあんなことがないともかぎらない」

「分かります」

「分かりますって、おたくね、こっちはさっぱり分からんよ。なぜ逃げ隠れしてるんだか」

「言えと申されれば言いますがね、誠さん。私の身の上話なんて聞いても、紙風船は飛びませんよ」

「嫌なことを言う」

と誠蔵は顔をしかめてぼやいた。

武光は苦笑して茶を呑み干し、急須の茶を注ぎながら語りだした。

武光は水戸藩出身と言っているが、実際はその支藩の国家老の次男に生まれた。幼年から藩主の若君の側小姓として城に召され、御学友として共に学問や武術を学んだ。

剣術の筋が良かったので、十歳からは直心影流《じきしんかげ》に入門し本格的に修業を始め、めきめき上達した。十代の終わりには、師範代をつとめる腕前にまでなった。

そのまま進めば、城代も務める格式ある家老の息子として、そして藩の剣豪として、しかるべき職についていただろう。

だが元服前のある時、塾の帰りに皆がガヤガヤ喋っているのを聞いていて、ふと思い当たったことがある。

塾生たちが話題にしていたのは、徳川家康《いえやす》の嫡男信康《のぶやす》のことだった。信康は勇猛果敢な武者だったが、信長《のぶなが》の命《めい》によって、家康はやむなく我が子を切腹させている。

「しかし家康公も抜かったと思う。影武者さえ用意しておけば、そちらの首を差し出してコトがすんだんじゃないか」

一人がそう言った。武田信玄をはじめとして、多くの戦国大名が影武者を使っていた時代である。

そうだそうだ……という声の中で、武光は一人冷めていた。

自分はその〝影武者〟ではないかと思い当たったのだ。

若君はなかなかの男前だが、その容貌や背格好に自分はよく似ているとおだてられ、悪い気はせずにいた。幼少から身辺に仕えていたから、しぐさや物言いまでがすっかり似ていた。

もちろん影武者などと誰も口にしなかったし、武光にも、何かあった場合は当然ながら一身を投げ打つ忠誠心もあった。

しかしもし戦が起こって、若君が生死の境に立たされた時、この殿の身代わりになるべく自分はいる。河原崎武光に期待されているのは、瓜二つの身代わりになることだけなのだ。

そう悟ったとたん、急に世の中が白っぽく見えてきた。自分がどんな人間であろうとも、関係ないのだ。そう思うと、何もかも馬鹿らしくなった。剣術に捨て身で打ち込んだのも、わけの分からぬ怒りからだった。

十八の時、剣術修業と学問修得を希望して江戸行きを許され、国を出て来てそれきり帰らなかった。

その間に嫡男の兄が他界した。父も病いがちのため、国元からは帰れ帰れと矢の催促だった。

手足一本くらいへし折っても構わぬから、首に縄をつけて連れて帰れ……。老父のそんな大号令で追っ手が派遣され、武光は追われる身となったのである。

「……法眼屋敷に匿ってもらわなかったら、今頃どうなっていたでしょうね」

他人ごとのように言って、武光は何杯めかの薄い茶を啜った。

「じゃあ、もう帰らないって本気で思ってるわけ？」

思いがけない話に、呆然として誠蔵は言った。

「そりゃそうですよ。やっと解放されたんだから」

「しかし河原崎家はどうなるんだよ」

「家には、妾腹の弟が三人います。従兄弟と叔父たち合わせれば、男だけで二十何人になります。揃って藩から禄を頂いてるから、藩は武士だらけで、貧乏してますよ。私のように出る者がいた方が、藩のためじゃないですかね」

「武さん、あの紙風船さ、初めから上げたかったんじゃないかい」

誠蔵はずっと考えていたことを口にした。

「いや、ま、誠さんと同じでしてね、冬螢を江戸の空に飛ばしたら面白かろうと……」

武光は笑って語尾を濁した。

八

その夜の五つ（八時）過ぎ、勝手口が騒がしくなった。それでなくても昼間からの風が止まず、ガタガタと軒を鳴らしている。

折から、誠蔵は家で一人で呑んでいた。

つい今しがたまでお瑛と万作が来ていて、打ち合わせをして帰ったところだ。

「こちらは万事順調にいってるよ」

と誠蔵は突っ張って見せたので、二人は何も疑っていない。

二人には……特にお瑛には、弱みを見せたくなかったのだ。何とか知恵をひねり出さないことには、小降りがどしゃ降りになり、面目丸潰れになるのは目に見えている。

今の心頼みは、鍵屋に父と親しかった花火師がいることだ。

明日にも横山町まで訪ねて行こうと思う。礼をはずめば、紙風船上げは引き受けてくれるだろう。だが鍵屋は幕府御用達の花火屋であるからして、法《のり》を越えて火入り風船を飛ばすなど、考えるべくもない。

両国吉川町にある玉屋も、それは同じだろう。

紐つき風船を舟の上に浮かすなど、子ども騙しではないか。こんなことで〝よ組〟の鼻を明かすなんて、出来っこない。

おれは何やってんだ、と考えるだにくさくさした。

また、あの少年に会ったせいか、亡妻の実家に預けっ放しの我が子がしきりに思い出された。今年で十歳になるから、少年と同じくらいだろう。

そろそろ引き取って、跡継ぎに育てることを考えなければ……。

珍しくそんなことを考えて、しんみり盃を傾けていると、障子の外から女中のお兼《かね》の声がした。父親の代から住み込んでいる、お目付役の老女である。

「旦那様、裏口に変な者が来て、旦那様に会いたいと申しています。追い払ってようございますか」

「ああ……うん、もう五つを過ぎてるしね」

酒が回っている誠蔵は、生返事をした。呑み屋で一、二度会ったくらいの浪人者や小商いの商人が、よくこの時刻、金を借りに勝手口に訪ねて来ることがある。

「名前は何て?」

「はい、応対に出た池どんに、ナカムラヤとか申したそうで」

「ふん、ナカムラヤか……知らんな。留守だ留守だ」

ぐっと一杯あおって、ふと呟いた。

「まさかナカヤの間違いでもなかろう」

「え? あっ、そうそう、ナカヤでございました」

誠蔵は盃を放り出し、立ち上がる。

ガラリと障子を開け、物も言わずにお兼の手燭を奪うや、廊下をドシドシと音をたてて勝手口に向かった。

薄暗くだだっ広い土間に、幽鬼のような男が立っていた。

ざっくりした木綿紬の作務衣に、古びた中屋の印半纏を羽織っている。その背中の盛り上がりの下には、小さな瘤《こぶ》がある。

異形《いぎょう》のその男、まぎれもなく中屋幸斎だった。


「ここは寒いから奥へ……」

「いやいや、ここで結構……」

そんなやり取りがあって、その板の間の上がり框に、幸斎はどっこいしょと腰を下ろした。奉公人が食事をする場である。

誠蔵は、手炙りと熱燗を老女中に命じた。

「……遅くにすまんな。少々詫びを言いたくてね」

幸斎は頭を下げ、少年を助けてもらった礼を口にした。

細長くしゃくれた顔は真っ黒に日焼けし、切れ上がった目が鋭く光っているのは、誠蔵が昔見たのとあまり変わっていない。

ただし一つに束ねた髪は半ば白く、額の皺は深くなっていた。

「いや、最近はああいう手合いが多くて、日本橋も物騒なんですよ」

誠蔵が言うと、幸斎は頭を振った。

「いやいや、そのお武家さんにもお詫びを申さねば」

「とおっしゃると？」

「その御方の洞察は鋭い。うちの坊は元はスリぞね」

「…………」

「わしが拾って更生させたつもりだが、たまに癖が出る」

ぶつかった時、つい反射的に相手の懐を探る手つきをしてしまったのだ。だが何も掏《す》りはしなかったという。

「そのお武家さん、たぶん過去に痛い目に遭っておるんだ」

上がり框に出された熱燗を、ゆっくり啜って言った。唖然としている誠蔵と目が合うと、微かに笑った。

「そこへまた痛い目に合わせてしもうた」

「ははあ、それはどうも」

申し訳ないと言おうとしつつ、つい誠蔵も笑った。

「まあしかし、確かに昨今の江戸は殺伐《さつばつ》としておる。御禁令ばかり多くて、詰まらんぞな」

「それで江戸を出られるんで？」

「ここでは思い切ったことは何も出来ん。防火令のおかげで、花火は大川の河口でしか上げられんしな」

幸斎はおもむろに言った。

「だが今日明日ってわけじゃない。最後の江戸みやげに、紙風船でも飛ばしてみるかのう」

「……やってくれますか」

誠蔵はおうむ返しに言った。

鼻の奥がつんと痛くなって、泣きそうになった。

「ただし師匠、危ない仕事ですよ。あの紙風船、火入りで空に飛ばしちゃいけないんです……」

「だが禁令を破ってほしい、ってのが本音《ほんね》ぞな？」

「そうです、そこが眼目《がんもく》なんです」

それを受け合ってくれそうなのは、この幸斎しかいないのだ。

「ようがすよ」

思いがけずあっさり幸斎は言った。そのしゃくれ顔が笑ったように見えたのは、灯りの具合だったか。

「礼はいらんぞね。ただ舟を二十艘くらい借り出すから、その実費だけはたのもうか。中屋には腕っこきの花火職人が七人おるし、合図すりゃ、江戸のどこかからその何倍もの助《すけ》っ人《と》が集まってくる」

「…………」

忍者だこの人は、と誠蔵は思った。父がよく言っていた〝忍者説〟を思い出し、そのとおりだと思った。

「問題は二つある。風向きと、あの布玉に染ます油の量ぞな。多すぎると危険だし、少なすぎると、すぐ消えちまう」

お兼が差し出した手炙りに節くれ立った手をかざしながら、じっと考える様子だった。

「ま、風向きは近くなってからとして、布玉に油を染ますのは、うちの職人に任せてくれんか。何か起こったら幸斎の責任とする」

九

祭りの当日は雲が多かったが、風はなかった。

〝十一月末日から十二月三日までのうちの、風のない晴天の日〟と初めは公示したが、幸斎の観測では、一日前後は晴天が続くという。

そこで改めて一日と決め、大正解だった。

午後になると、神主を乗せた伝馬舟がドロドロと太鼓を打ち鳴らしながら、船の行き交う川を下った。祝詞《のりと》を上げ酒を注いで、川を浄《きよ》めるのである。

薄闇の漂う暮れ六つには、船の往来はぴったり止んだ。

日本橋川の上流はお城の堀で、その背後の遠方左に、富士山がくっきりと影になって見えている。下流は大川まで続くが、両岸にはびっしりと見物客が詰めかけていた。

高札場のある日本橋の南詰めに、四日市《よっかいち》広小路と兜《かぶと》町に囲まれた三角地帯がある。そこには明暦《めいれき》の大火の後、火除け地として町家は建たず、川岸には防火の土手蔵が並び、青物市の出る広場があった。

祭りの本部はそこに置かれた。

そこにお囃子方の簡易舞台と、誠蔵ら世話人の控え席があった。

招待客の桟敷は、同じ南岸でも少し下流の江戸橋近くの広場に設けられた。

そこには町名主や、大旦那衆、〝よ組〟の幹部と主だった火消し衆、今年亡くなった人の遺族……らが招かれて顔を揃えている。

陽が落ちると、空気は急に冷え込んだ。

だが熱気を醸すように、賑やかにお囃子が始まった。

それを合図に、静かに流れる暗黒の川に、スウッと灯りの尾を引いて灯籠が滑り出したのである。朔日《ついたち》だから月はない。

お瑛が、日本橋上流の一石橋《いちこくばし》の船着場から流したもので、この夏に亡くなった常次の名を記していた。

一石橋の両詰めには灯籠を抱えた人々が長蛇の列をなして、順番を待っている。常次の妻お糸もそこに並び、常次と金茂茂兵衛の名を記した灯籠を抱えていた。

船着場から流す人、舟から流してもらう人で、慌ただしく人が入れ替わる。お瑛は蠟燭屋の伊代とともに、その整理に追われていた。

お囃子の名調子に乗って、灯籠は次々と灯りを揺らめかせて流れ、闇が濃くなるにつれその数が増していく。人の名前や、経文が、灯りに照らされて浮き上がった。見物衆のあちこちからどよめきが上がった。

灯籠が、川幅全体を密々と埋め尽くしているようだった。それほどの数に見えるのは、灯籠が川面に映って、ゆらゆらと増幅しているからである。

その様は、川自身が灯りを吐き出しているような、不思議な感動を呼び起こした。あの実用本意の、騒がしい日本橋川とも思えぬ、幻想的な光景がそこに広がっていた。

今まで見えていなかったこんな光景が、この川のどこに隠されていたのだろう、と誠蔵も思い惑うほどだった。

しばらく見とれていると、橋の方に歓声があがった。

日本橋本体は交通の要路のため見物人を規制し、通行人を通すだけだったが、橋に駆け上がって踊りだした者がいたのだ。

男は滑稽なヒョットコの面を被っており、手に提灯を下げて、おどけた仕草で橋上を踊り回る。無粋な役人が追い払おうとしたとたん、ひょいと欄干の上に飛び乗った。

ワッとまた歓声があがる。

男はまるで軽業師だった。平坦ではない欄干で、微妙に身体を揺らして平衡を保ち、提灯に火がつかないのである。わざとぐらついて足を滑らせハラハラさせたり、欄干の擬宝珠《ぎぼし》にしがみつて笑いを誘ったりする。

「あれは何者だ？」

と周囲で声があがった。

「知らん」

「頼んでないぞ」

少なくとも世話人は誰も知らず、完全な飛び入りである。

だがあれだけの技倆を持っていれば、しろうとではないだろう。

男の大胆な動きにお囃子は崩れかけたが、即興で応じ続ける三味線方がいた。お瑛が頼み込んで引っ張り出した、三十次である。

軽妙な動きには、弦を弾いて激しく挑発し、押しては引く。

そこへ太鼓が乱入して、三つ巴の即興が展開した。観衆は時ならぬ音曲と踊りに大喜びだった。

息を呑んで見守っていた誠蔵は、途中でハッと気がついて立ち上がった。

目を川に転じると、すでに灯籠の数は減りつつあり、川にはまた少しずつ暗闇が戻りつつある。

だがその暗闇のなかで、ヒタヒタ動く黒い影があった。

いつの間に漕ぎ寄せたのだろう、川の両岸の闇に寄り沿うように、伝馬船や猪牙舟《ちょきぶね》がびっしりと並んでいる。舟の上では黒い影がしのびやかに動き、微かに動く灯りがあった。

幸斎か？

ようやく誠蔵は呑み込めた。

橋上のヒョットコ男は、鮮やかな場面転換のために幸斎が配した、道化ではないだろうか。暗闇の底で秘かに動くのは、幸斎率いるところの闇の者たちなのだ。

観衆の注意は、まだすっかり橋に惹きつけられている。

だが闇の底では、静かに次の場面が準備されつつあった。


突如、三味線がやんだ。

太鼓が違った調子で連打された。

何ごとが起こったかと観衆がようやく目を川に移すと、そこにはまた新たな灯りの曼荼羅《まんだら》がくり広げられていた。

いつの間にか川面にひしめくように並んだ舟から、灯りをともした紙風船が、ゆらゆらと静かに浮かび上がりつつあったのだ。

翻って見ると、欄干に舞う道化の姿はもうない。

下ばかり見ていた観衆は、頭上に空があることに気づき、息を呑んだ。ただただ見とれた。まるで先ほど流した灯籠から、魂が浮かび上がっていくように錯覚された。

風がなかったから、目の高さまで紙風船がゆっくり昇ってくる、すると薄い紙に描かれた色とりどりの絵が、中の灯りに照らされてぼうっと漆黒の虚空に浮かび上がってくる。

役者絵や、美人画や、相撲取りの絵が多い。

「團十郎！」

「江戸小町！」

声が周囲からさかんに飛んだ。

もちろんすべてが重信の絵ではなかった。

他の浮世絵師からも描かせてほしいと秘かに申し込みがあったし、絵筆に自信のある商店主などからも頼まれて何枚か描いてもらった。

絵ばかりでなく書も何枚もあった。墨で一字だけ〝喝〟と書かれているのは、誠蔵の字である。女の名前が記されているのは清吉で、朱で〝い組〟は万作だった。

大きいのも小さいのもあり、丸いのや細長いのもある。

色も形もさまざまな紙風船が、高く低く、少しずつ上がっていく。

誠蔵はいつの間にか席を離れ、土手蔵の並ぶ、誰もいない土手っ縁に立っていた。

暗いから見えないが、まだ紐がついているだろう。舟で紐を押さえて、頃合いを見計らっている職人たちの呼吸が感じられた。

屋根の高さまで昇るとさすがに微風があるらしく、風船は左右にゆらゆら揺れながら、やや川下の空へと傾きつつ昇っていく。

一つまたひとつと紐が放された。

自由になった風船は、すっと軽やかに浮き、ゆらり傾きながら次々と夜空に吸い込まれ、星々になっていく。

「中屋ァ！」

誠蔵は思わず口に手を当てて叫んだ。あの人が引き受けてくれなければ、紙風船は上がらなかった。

「常次ィ！」

声は天に届いたろうか。

紙風船はさらに途切れることなくどんどん上げられ、無数の橙《だいだい》色の灯りが空一杯にしばし浮かんでは、消えていく。

さながら冬の夜空を舞う冬螢だった。

途中で燃え上がるもの、落下するものはひとつもなく、その技術の確かさは圧巻だった。

見物衆は違法だと気づいたろうか。いや気づいても、騒ぎ出す者はいなかった。

もっと見たいという誘惑には勝てなかったのだろう。幸斎が披露した鮮やかなこの灯りの魔術に、息を呑んでただただ酔いしれていた。


お瑛は一石橋の下の船着場にいた。

最後の灯籠を流すところだったが、夜空をいっぱいに昇っていく橙色の紙風船にしばし見とれていた。

最後の灯籠には、常次とお条の名を記してある。父津嶋喜三郎の名も考えたのだが、まだどこかに生きているという期待をどうしても消し去れず、書けなかった。

その代わりお条が持って来たあのびいどろの破片を、灯籠に乗せてやった。

暗い川面に灯籠を浮かべると、遠い幼い記憶がふと浮かんだ。

あれはどこの川だったのかしら……。たぶん父と一緒に、母の霊を供養したのだろうと思う。

ゆらりと揺れて、灯籠は暗い流れに乗って遠ざかって行く。

見送る目に涙が溢れた。さようなら、常さん、お条さん……。

「お瑛……」

誰かからそう呼ばれたような気がして振り返ったが、背後にはただ闇があるだけ。

雲間にのぞく星が美しかった。

下流では、紙風船の最後の一団が上がり始めているのだろう。群衆のどよめきと、渦巻くような拍手が聞こえていた。

夜気の冷え込みに初めて気づき、ぶるりと震えて立ち上がった。

誠ちゃんはどこかしら……と暗い川岸を見回した。むしょうに誠蔵に逢いたかった。

最後の風船が上がっていくのと入れ替えに、チラチラと白いものが舞い下りてくる。

雪だった。

十

翌日の午後、誠蔵は呉服橋の北町奉行に出頭を命じられた。

御掛かりは、遠山左衛門尉景元《とうやまさえもんのじょうかげもと》配下の、池端雄一郎《いけはたゆういちろう》なる吟味方与力だった。

南町奉行の鳥居甲斐守耀蔵は、水野忠邦の太鼓持ちと言われるほど評判が悪いが、北町奉行遠山景元は庶民の味方として人気が高かった。

せめて遠山様の御掛かりで良かった……そう店の者らに慰められて、一面の雪の中に踏み出した。

黒羽二重の紋付に仙台平の袴に身を固め、玄関横の詮議所に平伏する気分は、決して穏やかなものではない。

その脇には、町名主の楢屋源五郎が平たくなっていた。

「若松屋誠蔵、面《おもて》を上げい。その方、昨日は派手な祭りをしたようだの」

開口一番、痩せて頬の削げた与力は言った。

「はっ」

「火入りの紙風船を上げたそうだが、何個上げたのか」

「はっ、二百個でございます」

「二百個、それほどの火を江戸の空に上げて、危険とは思わなんだか」

「はい、紙風船が燃えぬよう、万全を期しておりましたので危険とは思いませんでした」

「もし風が吹いたら何と致した」

「吹かない日を選んでおります」

「愚か者！　風向きが変わるという言葉があろう」

与力は鋭く声を張り上げた。

「もしもにわかに風が出たら、大災害が予想されたところだ。紙風船の紐を、最後まで放さぬ条件で許可されながら、その禁をうかうか破ったことは、不埒千万《ふらちせんばん》……。そこをその方どう心得るか。それとも初めからそのつもりだったか！」

「滅相《めっそう》もございません」

誠蔵は畳に額をこすりつけた。

「申し訳ございませんでした。責任はすべてこの若松屋にございます。ただ、事実を申し上げますれば、あれは火元を預けた花火師の中屋幸斎が、独断でやったことにございます」

「何だと。責任者のそなたが、配下に裏切られたと申すか」

「はい、まことに不面目ながら、信頼して頼んだ者に手前は裏切られたのでございます」

それは、幸斎との打ち合わせどおりのセリフである。すべてを幸斎のせいにして逃げ切ることになっているのだ。

「裏切られたとなれば、その方の監督不行き届きか、不徳の致すところであろう。それとも責任を他人になすりつけ、それで通そうとでも思っておるか」

「さらさらそのようなことはございません。弁解のしようもないことで、どうかいかようにも御成敗のほどを……」

「ところでその幸斎だが」

与力は首を傾げた。

「この花火師はどこに逃げおったか。霊岸島を探したが、どこにも見つからんのだが」

「はっ、重ね重ね面目もございませんが、実はこの若松屋もそれは承知しておりません。居なくなるなどとは、思いも寄らぬことでござりました」

それは誠蔵も驚く見事な撤退だった。

昨夜、紙風船を上げ終えて一息ついた時は、全員が消えていたのだ。舟だけは借り物だから岸に寄せてあったが、それを扱っていた者らは一人もおらず、チリひとつ残っていなかった。

おそらく霊岸島には寄らず、あのまま江戸を出たことだろう。

今頃はたぶん東海道は避け、甲州街道か海上を西に向かっているのではないか。まさに父が言っていたとおり、幸斎は忍者に違いなかった。たぶんあの少年も道連れだろう。

「聞くところによれば、その方、町火消し〝よ組〟と喧嘩したというではないか。それは事実か」

「はい、喧嘩というほどのことではございませんが、少々揉めごとがございました」

「その鼻を明かすため、あのような不埒なことを仕掛けたと申す者がおるが、それは事実か」

「いえ、それはまったく事実に相違します」

誠蔵は力をこめた。与力がそこまで短時間に調べ上げていることにも、舌をまいた。さすが遠山様である。

「手前、ただただ、日本橋の町興しを考えてしたことにございます。不肖若松屋も、近年は苦しい台所でございまして、このまま年の瀬を迎えるにはしのびなく、ここで景気づけをしようではないか、と若い者に呼びかけましたところ、冬螢の案が出ましたので、盛り上がった次第にございます」

「冬螢とな……？」

「はい、冬に螢を飛ばしてみようと、ただそれだけの浅はかな考えから始まったことでございました」

「ふむ」

与力は少し口を噤んで何か考えていたが、すぐに顔を上げ、難しい表情で言った。

「いずれにせよ、火事に至らなかったのは幸いであった」

「ははっ」

「紙風船の残骸も、流行の浮世絵師によって描かれているからと、拾い集める者が殺到しておるそうだな。初めからそのつもりだったのか」

「はい、そのとおりにございます」

「しかし日本橋の老舗の主人ともあろう者が、禁を破り、江戸市民を危険に晒した罪は軽くはないぞ。若松屋は先年からは、公儀御用となっているそうではないか」

「はっ」

「重罪を覚悟いたせ。追って沙汰をする」

与力は立ち上がり、奥の間に消えた。

誠蔵と源五郎は、その足音が聞こえなくなるまで、冷たい畳に這いつくばっていた。

やがて源五郎に下った沙汰は、〝叱り〟だった。呼ばれてお叱りを受けるのである。

誠蔵には〝吃度《きっと》叱り〟というもので、もっときついお叱りを受けるのだ。

霙《みぞれ》まじりの冷たい雨がそぼ降る日、誠蔵は再び紋付袴に身を固め、源ジイと共に奉行所に出頭し、お白州で厳しくお叱りを受けた。

あと十日余りで、この年も終わりだった。

時代小説

二見時代小説文庫

冬螢《ふゆぼたる》 日本橋物語《にほんばしものがたり》10

著者 森《もり》 真沙子《まさこ》

発行所 株式会社 二見書房
東京都千代田区三崎町二－一八－一一
電話 〇三－三五一五－二三一一［営業］
〇三－三五一五－二三一三［編集］
振替 〇〇一七〇－四－二六三九

印刷 株式会社 堀内印刷所
製本 ナショナル製本協同組合

落丁・乱丁本はお取り替えいたします。
定価は、カバーに表示してあります。

 ISBN978－4－576－13041－5
http://www.futami.co.jp/

二見時代小説文庫

森 真沙子　日本橋物語1〜10

浅黄 斑　無茶の勘兵衛日月録1〜15
八丁堀・地蔵橋留書1

井川 香四郎　とっくり官兵衛酔夢剣1〜3
蔦屋でござる1

江宮 隆之　十兵衛非情剣1

大久保 智弘　御庭番宰領1〜7
火の砦 上・下

大谷 羊太郎　変化侍柳之介1〜2

沖田 正午　将棋士お香 事件帖1〜3
陰聞き屋 十兵衛1

風野 真知雄　大江戸定年組1〜7

喜安 幸夫　はぐれ同心 闇裁き1〜9

楠木 誠一郎　もぐら弦斎手控帳1〜3

倉阪鬼一郎　小料理のどか屋 人情帖1〜7

小杉 健治　栄次郎江戸暦1〜10

佐々木裕一　公家武者 松平信平1〜5

武田 櫂太郎　五城組裏三家秘帖1〜3

辻堂 魁　花川戸町自身番日記1〜2

花家 圭太郎　口入れ屋 人道楽帖1〜3

早見 俊　目安番こって牛征史郎1〜5
居眠り同心 影御用1〜10

幡 大介　天下御免の信十郎1〜8
大江戸三男事件帖1〜5

聖 龍人　夜逃げ若殿 捕物噺1〜7

藤井 邦夫　柳橋の弥平次捕物噺1〜5

藤 水名子　女剣士 美涼1〜2

牧 秀彦　毘沙侍 降魔剣1〜4
八丁堀 裏十手1〜4

松乃 藍　つなぎの時蔵覚書1〜4

森 詠　忘れ草秘剣帖1〜4
剣客相談人1〜7

吉田 雄亮　新宿武士道1
侠盗五人世直し帖1